VINCENT VENTURA

AND THE MYSTERY OF THE WITCH OWL

#2

D1115939

VINCENT VENTURA

AND THE MYSTERY OF THE WITCH OWL

Xavier Garza

Ilustrations by Xavier Garza

Spanish translation by Gabriela Baeza Ventura

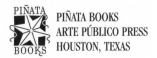

PIÑATA BOOKS
ARTE PÚBLICO PRESS
HOUSTON, TEXAS

The publication of *Vincent Ventura and the Mystery of the Witch Owl* is funded in part by the National Endowment for the Humanities and the Texas Commission on the Arts. We are grateful for their support.

Piñata Books are full of surprises!

Piñata Books
An imprint of
Arte Público Press
University of Houston
4902 Gulf Fwy, Bldg 19, Rm 100
Houston, Texas 77204-2004

Illustrations by Xavier Garza
Cover design by Mora Des!gn

Names: Garza, Xavier, author, illustrator. l Baeza Ventura, Gabriela, translator. l Garza, Xavier. Vincent Ventura and the mystery of the witch owl. l Garza, Xavier. Vincent Ventura and the mystery of the witch owl. Spanish.

Title: Vincent Ventura and the mystery of the witch owl = Vincent Ventura y el misterio de la bruja lechuza / by/por Xavier Garza ; illustrations by Xavier Garza ; Spanish translation by Gabriela Baeza Ventura.

Other titles: Vincent Ventura y el misterio de la bruja lechuza

Description: Houston, Texas : Piñata Books ; Arte Público Press, [2019] l Series: A monster fighter mystery ; [2] l Audience: Grades 4-6. l Summary: Convinced that his new neighbor, Zulema Ortiz, is a witch owl, Vincent persuades his cousins Michelle and Bobby to help solve the puzzle—while denying he has a crush on Zulema.

Identifiers: LCCN 2019029042 (print) l LCCN 2019029043 (ebook) l ISBN 9781558858909 (paperback) l ISBN 9781518505935 (epub) l ISBN 9781518505942 (kindle edition) l ISBN 9781518505959 (adobe pdf)

Subjects: CYAC: Mystery and detective stories. l Owls—Fiction. l Witchcraft—Fiction. l Hispanic Americans—Fiction. l Spanish language materials—Bilingual.

Classification: LCC PZ73 .G368287 2019 (print) l LCC PZ73 (ebook) l DDC [Fic]—dc23

LC record available at https://lccn.loc.gov/2019029042

LC ebook record available at https://lccn.loc.gov/2019029043

Printed in the United States of America
September 2019–November 2019
Versa Press, Inc., East Peoria, IL
5 4 3 2 1

This book is dedicated to my wife Irma. I couldn't do what I do without you.

Table of Contents

CHAPTER 1

The Girl at the Window

I am awakened by the sound of screeching car tires outside my bedroom window. I see a black minivan pull up to the house at 666 Duende Street. The place has been rented for months, but nobody has moved in as of yet. That is, until tonight. I watch a grown man and a young girl—about middle-school age—step out of the vehicle and rush into the house. Before closing the front door, the man peers up at the sky as if looking for something. What that something could be is a mystery to me. That's when I notice that the girl is staring at me from her living room window. She is a pretty, brown-haired girl with wide, almond-shaped eyes. She waves at me and smiles. Suddenly the man grabs her hand and pulls her away from the window. The house goes dark after that.

I wait for them to turn on the lights in one of the other rooms, but they never do. The house remains pitch black. *Are they trying to hide the fact that they are home? Why would they want to do that?* As I return to

1

bed, out of the corner of my eye I notice something white in the branches of the ancient ash tree in their yard. At first I think it's a blanket that somehow got caught up in the wind and is now stuck up in the tree. That is, until it spreads open what looks like wings. It's no blanket. It's an enormous white owl. *Are owls supposed to grow that big? I don't think so. Could this be what the man was looking for?*

The owl turns its head in my direction. I quickly hide behind the curtains. After a few minutes, I slowly peer out from behind the curtain, fearful that it has seen me. Apparently it hasn't. The owl has glowing red eyes that bulge from its sockets. I hear it give out a series of loud hoots, and then two more owls land at the top of the old ash tree. All three owls drop down to the ground, but to my amazement, what lands on the ground are not owls at all. What lands on the ground are three women dressed in black. They whisper to each other before heading off in different directions.

What's going on here? I ask myself. *Are they scouting the neighborhood?* Then the realization of what I have just witnessed hits me like a ton of bricks. Monsters have once again taken residence in my neighborhood. But why now? And what does it have to do with the arrival of my mysterious new neighbors?

"It would seem that another monster mystery has fallen into your lap, Vincent Ventura," I whisper to myself. And fully I intend to get to the bottom of this mystery.

CHAPTER 2

She Likes to Draw Owls

From my vantage in the tree house, I adjust my binoculars and bring Zulema Ortiz—my new neighbor—into focus as she goes out to check her mailbox.

"Please tell me that you're not stalking the pretty girl from your art class, Vincent," says my cousin Michelle. "Girls don't like that."

"I'm not stalking her."

"I'm just saying that if you like her, you should just go up and talk to her instead of staring at her like some weirdo."

"I'm not stalking her. I'm doing research on her. Big difference."

Zulema showed up in my school's art class earlier this week, where she revealed herself to be quite the artist. Curiously, she has exhibited an extreme fondness for drawing owls. A coincidence? I think not, given what I witnessed on the night of her arrival. Her dad, Mr. Ortiz, for his part tends to keep to himself in the neighborhood thus far. But I have seen him exhibiting some questionable behavior. On a nightly basis like clockwork, he makes sure that all the doors and windows to his house are locked. That wouldn't be so strange, except that he also spreads a line of salt in front of every door and window. I discovered this while secretly doing reconnaissance around his house the other night. *Why does he do that?*

"Keep telling yourself it's research," says Michelle, smiling. "I think you're sweet on the new girl."

"I am not," I disagree. "This is strictly professional. There is something not right about her."

"Please tell me Vincent isn't stalking the new girl," says my cousin Bobby as he makes his way up the ladder to my tree house. Michelle turns to look at me with a big grin on her face that says, *I told you so.*

"Why don't you just go and talk to her, Vincent? It's better than staring at her like some kind of weirdo."

Michelle's grin grows even larger as Bobby echoes her earlier comments.

"It's not like that," I tell them both. "Seriously, I think that there's more to Zulema than meets the eye."

"Just admit that you have a crush on her," says Michelle.

"It's pretty obvious that you do," adds Bobby.

"I don't."

"Vincent and Zulema sitting under a tree," Michelle begins to chant.

"K-i-s-s-i-n-g," adds Bobby.

Even my pet beagle, Kenny, starts to howl along.

"Stop it," I tell them, not one bit amused by their teasing. "Aren't either of you the least bit curious as to why her father pours a line of salt in front of every door and window?"

"Nope," declares Bobby without hesitation. "Don't care one little bit, and you shouldn't either. Didn't you learn your lesson from that whole mess with Mr. Calaveras?" Bobby is referring to the "Chupacabras Incident" this past summer. "Didn't that teach you not to go around sticking your nose where it doesn't belong?"

"But aren't you just a little bit curious?" I ask him.

"Not even an itsy bitsy little bit," says Bobby. "One chupacabras in my lifetime is more than enough for me."

"Except that this isn't a chupacabras," I tell him. "This is something else."

"What do you think it is?" asks Michelle.

"Don't get him started," warns Bobby.

"Mr. Calaveras said that the chupacabras wasn't the only monster that was real. He said that they were *all* real."

"It could be anything then," says Michelle.

"Then why bother trying to figure it out?" asks Bobby, who is starting to worry that Michelle is intrigued by what I'm saying.

"But the answer is there, waiting for us to discover it!" I tell them.

"You're being overly dramatic again, Vincent," warns Michelle.

"I am not," I contradict her. I raise my binoculars and bring the girl named Zulema Ortiz back into view.

"Why did you say waiting for *us?*" asks Bobby. "I've already told you that I am staying out of this."

"Do you really want to know the answers to all your questions about Zulema and her dad?" asks Michelle.

"You know I do."

"Then just go down there and say hi to her," says Michelle.

"It's not that easy," I say.

"Yes it is," she counters. Before I can stop her, Michelle starts climbing down the ladder.

"Wait!" I scream. *She wouldn't dare!*

But truth be told, I know perfectly well that she would dare. My cousin Michelle is fearless! Too fearless for her own good, Bobby would argue. Before I'm even halfway down the ladder, she's already running across the street towards Zulema, who is still standing outside her house. I watch as Michelle waves at Zulema and walks right up to her.

"Oh no," I whisper to myself.

Now they are talking to each other! Next, Michelle is pointing at me. I'm tempted to climb back up to the tree house and hide. But then both she and Michelle start walking toward the tree house. *What are you doing, Michelle? I'm not ready to make contact with her yet!* But my cousin has forced my hand. Ready or not, I am officially about to meet my mysterious new neighbor.

CHAPTER 3
It Will Be Dark Soon

"You're in my art class, right?" asks Zulema.

"Yes," I answer. "You're the girl obsessed with drawing owls."

"What's wrong with drawing owls?"

"Nothing . . . but why owls?"

"Don't you think owls are kind of creepy?" asks Bobby.

"Owls aren't creepy at all," says Zulema, turning to look at Bobby. "They're misunderstood birds."

"I'm with her," says Michelle. "Owls have been given a bad rep, if you ask me."

"You only say that because you like creepy things, like monsters," says Bobby.

"But why owls?" I ask Zulema again.

"Because they are interesting creatures," she says. "For example, are you aware that there are over two hundred different species of owls?"

"That many?" asks Bobby.

"Yes," says Zulema, turning to look at Bobby. "Do you know that they are nocturnal? That they do all their hunting at night? Do you know that they have powerful talons for capturing and killing their prey?"

"Killing their prey?" asks Bobby.

"Owls have to eat, you know," she tells him.

"Don't they eat like . . . bird seed and stuff like that?" asks Bobby.

"Owls are predators," says Zulema. "Some even hunt other birds."

"They hunt other *birds?*" asks Bobby. "That's horrible."

"They don't eat other owls," says Michelle. "They eat other birds just like lions eat other mammals."

"It's still weird," says Bobby.

"So where are you from, Zulema?" asks Michelle, changing the subject before Bobby goes into a total freak out over the way owls can pluck birds from the sky and crush them in their talons.

"We just moved here from Pittsburg," she says, turning her head to look at Michelle.

That last move on her part makes me notice that she has a habit of turning her whole head to look at us when she speaks. *Why does she do that?* That's when I remember that owls, like most birds, have binocular vision. Their eyes are fixed in their sockets, so they must turn their entire heads to look around. *Is she mimicking an owl's movements? Does her obsession with owls run so deep that she is acting like one?*

"But my family is originally from a city in Mexico called Catemaco," she adds. "My dad was a *curandero* there."

"A what? . . . Where?" asks Bobby.

"A *curandero*," says Zulema. "That's Spanish for a faith healer. Catemaco is in southern Veracruz."

Why does the name of Catemaco sound so familiar to me? I know I've heard that name before. But where?

"You said he used to be a *curandero*. What does your dad do for a living now?" I ask.

"He's still a *curandero*," says Zulema, "but he does it online now."

"An online faith healer . . . how does that work?"

"Same as it does for other online doctors," says Zulema. "He talks to people online and, for a fee, diagnoses what's wrong with them. Then, they can order herbs and remedies online from our old shop in Catemaco. My uncle Rudy runs it."

"You must hate moving around so much," says Michelle.

"A little," she answers. "But ever since my mom passed away, we've never stayed in one place too long."

"I'm sorry to hear about your mom," says Michelle.

"It's okay," says Zulema. "I was barely six when it happened. All I really remember is that she was a very beautiful woman."

"Why won't your dad stay in one place for too long?" I ask her. *Is he on the run?* I wonder.

"Why all the questions, Vincent?" asks Zulema. "Is this an interrogation or something?"

"Don't mind him," says Michelle. "Vincent fancies himself a detective."

"A regular Sherlock Holmes, I bet," says Zulema, smiling.

"Well, I hope you stay at our school for a long time," says Michelle.

"Me too," says Zulema. She turns and looks at me and Bobby. "It would be nice to stick around long enough to make friends for once."

"Zulema," we hear Mr. Ortiz calling out to her from across the street. "Where are you, Zulema?"

"I'm here, Dad," Zulema calls back, then walks over to the tree house window and waves down at him. Michelle walks over and waves at Mr. Ortiz, too.

"You'd best be getting home," he says. "It'll be dark soon."

"I better go," says Zulema. "But it was great meeting all of you. See you in art class, Vincent. Maybe I'll draw an owl especially for you."

"That'll be cool," I tell her.

As Zulema begins to make her way down from the tree house, I reach for my cell phone and google the name of Catemaco. *I know that I have heard that name before, but where?* The answer appears on my phone screen. I now remember why the name Catemaco sounded so familiar. Catemaco isn't just any city in Mexico. It is the witchcraft capital of the world!

CHAPTER 4

The Witchcraft Capital of the World

"Located to the south in the state of Veracruz, Catemaco is known to be a magnet for practitioners of the dark arts," says Michelle reading from a book on Latin American witchcraft she found in the library.

"Dark arts?" questions Bobby.

"A.K.A . . . witchcraft," says Michelle.

"Zulema and her dad both come from Catemaco," I remind her.

"Most normal people would just call that a coincidence, Vincent," says Michelle. "It doesn't constitute any actual proof that either of them are witches."

"But it raises the possibility," I counter.

"Not without irrefutable proof it doesn't," retorts Michelle. "You are failing to meet a higher burden of proof, Vincent."

"But her dad *is* a *curandero*," I remind her.

"A *curandero* isn't a witch," says Michelle. "A *curandero* is a faith healer. That's a totally different thing. Witches draw their power from the negative energy that comes from doing evil. *Curanderos* draw their power from positive energies, like faith and prayer. Black magic and white magic are polar opposites of each other."

"I can't believe it," says Bobby, rolling his eyes. "You guys are actually going to do it, aren't you?"

"Going to do what?" we both ask in unison.

"You are going to get us smack dab in the middle of another chupacabras catastrophe!"

"This isn't a chupacabras issue," I insist.

"But it's still a monster, right?" he asks. "You both are still talking about a *monster*? I hate monsters!"

"What makes you so sure that it isn't a chupacabras this time?" asks Michelle.

"Because what I saw four nights ago were owls. I think that what we are dealing with here are *lechuzas!*"

"What's a *lechuza?*" questions Bobby.

"*Lechuza* is the Spanish word for owl," explains Michelle. "You would know that, Bobby, if you ever paid attention in Spanish class. We've seen owls in the neighborhood before, Vincent. That's nothing new."

"But not as big as the ones I saw," I assure her. "Those were no ordinary owls. We're dealing with *witch owls.*"

"Witch owls?" Bobby squeaks out. "I don't like the sound of those two words put together."

"Witch owls are women who have the power to turn themselves into gigantic owls," I explain. "As the stories

go, they swoop down in the middle of the night and steal children."

"What happens to the kids?" asks Bobby.

"Girls are said to be turned into witch owls themselves. That's how they grow their flock," I add.

"But what about the boys?" asks Bobby.

"Boys are rumored to be turned into a late-night snack," says Michelle with a grin.

"That's not funny," says Bobby.

"As if I would ever let a witch owl turn my twin brother into a late-night snack," says Michelle. "Poor witch would probably die of food poisoning."

"THAT'S NOT FUNNY!" Bobby shouts.

"What do you think a witch owl would want with Zulema?" asks Michelle.

"What if Zulema *is* the witch owl?"

"Whoa," says Michelle incredulously. "Zulema is just a kid, Vincent. She's no older than we are. How can she be a witch owl?"

"You saw how defensive she got about owls," I remind her.

"So the girl likes owls," says Michelle. "It doesn't mean that she *is* one."

"You didn't notice how she would move her whole head to look at us?"

"What are you talking about, Vincent?" asks Michelle.

"I'm talking about binocular vision!" I declare dramatically, which makes Michelle laugh out loud.

"Are you implying that Zulema is part bird?" she asks. "That's crazy, Vincent, even for you. Her eyes aren't fixed in their sockets, like a bird's."

"Then why did she turn her whole head every time she would look at one of us?"

"I don't know," says Michelle. "Maybe she's got a sore neck—or a medical condition. The fact that she turns her head to look at us doesn't constitute proof of anything."

I want to continue to argue my case, but Michelle watches so many legal thrillers on TV with her mom that she isn't going to accept my theory without actual proof to back it up.

"So what do we do now?" asks Bobby. "Just forget this whole witch owl nonsense, I hope."

"Zulema paid us a visit yesterday at our tree house," I tell them. "Maybe it's time for us to go and pay *her* a visit."

"I don't like where this is headed, Vincent," says Bobby. "I don't like it one bit."

"We're just going to go and say hi to her," I say. "Maybe invite her out for a snow cone?"

"And if you happen to come across some clues to prove your point . . . " Michelle says. "Is that the game you are playing at, Vincent?"

"Are you in or out?" I ask her.

"You know me, Vincent," says Michelle, "I'm always up for a good adventure."

"What about you, Bobby?"

"I'm out," he says. "If you and my sister want to go looking for monsters, then you can count me out."

"Aren't you the least bit curious?" asks Michelle.

"Not even an itsy bitsy little bit," says Bobby. "I mean, have either of you given any thought to what you are going to do if it turns out you are right?"

Truth be told, I hadn't thought that far ahead. But Bobby has a point. *What would we do if things went bad? How would we defend ourselves? Do we even know how to fight off a witch owl?*

"Salt," declares Michelle, reading from the book on witchcraft. "According to this book, witch owls are vulnerable to the purity of salt. It robs them of their powers, so they avoid contact with it at all costs."

"That explains why I saw Zulema's dad pouring lines of salt along all the windows and doors."

"You think he was doing it to keep something out?" asks Michelle.

"Or keep something in," I offer.

Michelle's eyes widen at my suggestion. "Do you still carry holy water and crucifixes in your backpack?" asks Michelle.

"Among other monster-fighting tools," I assure her. I make it a point to be ready for any monster eventuality.

Michelle walks over, grabs a saltshaker from the table and hands it to me.

"Put it in your backpack," she instructs me.

Armed for battle should the need arise, we leave to pay Zulema a visit.

CHAPTER 5

Where Have I Seen Her Before?

"You don't have to come along if you are too much of a chicken, Bobby," says Michelle.

"Somebody has to keep you safe," he tells her. "I am your big brother after all."

"By two lousy minutes," says Michelle.

"Calm down, guys," I shush them before ringing the doorbell.

Ring! Ring! Ring! Mr. Ortiz opens the door.

"May I help you?" he asks, eyeing us suspiciously.

"We . . . we're here to see Zulema," I say.

"And who might you be?" Mr. Ortiz asks, his voice is harsh and impatient.

"I'm Vincent, and these are my cousins, Michelle and Bobby."

Mr. Ortiz just stares at me.

"We go to school with your daughter. She came to our tree house yesterday."

"Ah yes," he says, but continues to just stand there, staring at me.

For a moment, I begin to wonder if he is even going to let us talk to Zulema, even.

"Hi, guys," says Zulema, poking her head out from behind her father. "What are you doing here?"

"We just wanted to see if you wanted to go with us to get some *raspas*," says Michelle.

"I love snow cones," says Zulema,

"There's a snow cone cart up the street," says Michelle. "It has the best *raspas* in the world."

"I'm partial to mango *raspas* with chili powder," I inform her.

My words make Zulema smile.

"I love mango *raspas* with chili powder, too," she says. "They're my favorite."

"Let's go, then," says Michelle. "It's our treat."

"Can I go, Dad?"

"I want you home before dark," Mr. Ortiz orders.

"Yes, Dad. Let me just go and change my shoes, guys," Zulema says and runs up the stairs.

While we wait by the open door, I scan the inside of her house for anything that might seem peculiar. I focus on a portrait of a beautiful woman with wide, piercing, oversized eyes that look a lot like Zulema's. Standing next to her is a mean-looking woman wearing a white shawl. She seems familiar somehow.

"Is the younger lady in the portrait Zulema's mom?" I ask Mr. Ortiz. My question seems to upset him.

He moves in front of the door to obstruct my view.

"I'm sorry," I tell him. "I only asked because Zulema looks a lot like her."

"Zulema told us that her mom was a very beautiful woman," says Michelle.

"She was," says Mr. Ortiz, softening his voice and turning to look at the portrait. "The most beautiful woman in the world, with a beautiful heart to match."

"Zulema said that her mother died when she was little," says Michelle.

"It's true," says Mr. Ortiz sadly. "I wish Zulema had gotten a chance to know her mother, Lorena, better."

"Who is that mean-looking lady next to her?" asks Bobby.

"Don't be so rude," whispers Michelle and pinches Bobby's arm.

"No, mean lady is right," says Mr. Ortiz grimly. "That's Zulema's grandmother, Constancia, and she truly is a mean woman."

It's pretty obvious Mr. Ortiz has no love for Zulema's grandmother. *But why does Zulema's grandmother look so familiar to me?*

"I'm ready," Zulema announces.

"Remember what I said, Zulema," Mr. Ortiz tells her.

"Yes, Dad, I'll be back before dark."

As we leave, I take one last glance at the photo-graph. *Where have I seen that mean-looking lady before? When I saw those owls outside Zulema's house become women! One of them had been her!*

CHAPTER 6

It's the Chili Powder that Makes Mango *Raspas* the Best!

"You're as bad as Vincent," says Michelle as she watches Zulema take a great big bite of her Mango snow cone sprinkled with extra chili powder. "Mango I can understand, but chili powder? How can you guys eat that stuff?"

"You don't know what you're missing," says Zulema. "It's the chili powder that makes mango *raspas* the best!"

"Chili powder is good, all right," says Bobby, " . . . good for making a hole in your stomach."

"Chili powder doesn't make a hole in your stomach, Bobby," Zulema disagrees. "I should know. I ate this stuff all the time back in Catemaco."

"How long did you live in Catemaco?" I ask.

"Until I was about seven."

"You do know what they call Catemaco, right?" I ask.

"The witchcraft capital of the world."

24

"Is it really the witchcraft capital of the world?" Bobby pipes in.

"Sure it is," says Zulema. "We're all witches there," she says with a glint in her eye.

Did she just confess to being a witch?

"You know she's just messing with your head, Bobby," Michelle assures her brother.

"Wait a minute," says Zulema. "Do you all think I'm a witch? Witches are supposed to be ugly," says Zulema. "Are you saying that you think I'm ugly?"

I look at my friends and speak for us all: "No, not really."

"So you think I'm beautiful, then?" Zulema says with a smile.

Is she flirting with me?

"Yeah, Vincent," eggs Michelle, "do you think Zulema is beautiful?"

I'm stumped. I don't know what to say. But both Zulema and Michelle stare at me, very much expecting me to say something.

Luckily, Bobby steps up and saves me from having to answer. "So are the stories about witches living in Catemaco real?" he asks.

"Those stories are just told to attract tourists to the area," says Zulema. "There are no real witches in . . . Catemaco . . . " She suddenly pauses as two women come up and order snow cones.

"Is everything all right, Zulema?" Michelle asks.

"Everything is good," says Zulema, not taking her eyes off the two women.

"Do you know them?" I ask her.

"Nope," says Zulema, still not taking her eyes off them.

What's going on? Why is Zulema acting so strangely all of a sudden?

"I think I should probably be heading home now," Zulema announces.

"So soon?" Michelle asks.

"I don't want my dad to worry," she says and turns to walk away.

"Wait up," says Michelle. "We'll go with you."

Just then, the two women start walking toward us. That's when Zulema grabs a bottle off the snow cone cart and sprinkles chili powder around us. The two women stare angrily at us, as if something is keeping them from approaching. I look at Michelle and Bobby, but neither of them has noticed what Zulema has done. Zulema stares back at the two ladies and smiles.

Did she do something to keep the two ladies from following us? The grin on her face makes me think that maybe she did. *But what?* Then I remember that one of the principle ingredients of chili powder is salt. Witch owls hate salt!

CHAPTER 7

Why Are You Watching Me?

Looking through binoculars from my tree house, I see Mr. Ortiz once again pouring lines of salt along every window and every door of his house. I look up at Zulema's room and see her brushing her hair as she gets ready for bed. The girl is still a mystery to me despite getting to know her a little better today. It was fun hanging out with her, and a part of me hopes she is just a normal thirteen-year-old with a fondness for owls. Nevertheless, the fact remains that both she and her father come from the witchcraft capital of the world. *Plus, why does her dad despise her grandmother Constancia? Why did he call her a mean woman? What exactly did she do that made him feel that way about her? And what about those two women who wanted to approach us by the snow cone cart? Were they trying to follow us? It sure seemed that way. And did Zulema stop them by using the salt found in chili powder?*

My cell phone vibrates. I have a text from Michelle. She wants to know if we are still having the sleepover at my tree house tomorrow night. I text her back in the affirmative. My dad had said it was cool because it's the weekend. Michelle texts me back to let me know that she and Bobby will be bringing soda pop and potato chips.

"Why are you watching me?" I hear a voice suddenly ask. Startled, I look up from my phone and see Zulema at the open window of my tree house. Slowly, she steps in through the window and walks toward me. I glance past her and see that she is still sitting in her bedroom brushing her hair.

"How are you doing that?" I ask her.

"I asked you a question, Vincent. Why are you watching me?"

"I'm not watching you."

"Really?" she says, pointing at the binoculars around my neck. "I saw you spying on me."

"Not spying. . . . "

"You're lying, Vincent. Maybe I should go and tell my dad what you are doing? Better yet, maybe I should tell *your* dad what you're doing?"

"Don't do that," I plead, panicking.

"Are you trying to hurt me?"

"No way, I wouldn't hurt you!"

"Hurt my father?"

"No. Why would you ask me that?"

"So, why are watching me?"

"I wanted to make sure you weren't a witch owl." The words *witch owl* seems to stun her.

"Why would you think that I was a witch owl?"

"That night you first moved in, I saw three of them."

"Three what?"

"I saw three witch owls. Honest."

"I want to trust you, Vincent, I really do. But I need to be sure," Zulema says, grabs me by my shoulders and stares into my eyes for a long time without blinking. After a while, she smiles and lets out a deep sigh. "I just needed to be sure that you were telling me the truth."

"You believe me?"

"I do."

"How come?"

"Because I just read your mind."

"You read my mind?" I ask her, feeling a bit upset at her invasion of my privacy.

"I'm sorry, but I had to be sure you were telling me the truth. Besides, this makes us even, since you've been stalking me like a weirdo. Your cousin Michelle was right, girls don't like that."

I'm a little upset over what Zulema just did, but I guess she has a point about us being even now. I look at her house and see her still brushing her hair. "How can you do that?"

"I can do that because I'm *half* witch owl," she confesses at last.

"You are?" The fact that she is willing to volunteer that information takes me a bit by surprise. "So I was right . . . I knew it!" I can't wait to rub that in Michelle's face.

"*Half* right," she corrects me. "I am also half *curandera* on my father's side."

"So you are both a witch owl and a *curandera*? How is that even possible?"

Curanderos and witch owls, I read, are archenemies. For as long as witch owls have been wreaking havoc in the world, there have been *curanderos* standing against them. *Now Zulema is telling me that she is both?*

"It's complicated," says Zulema. "But I am half witch owl—just not a bad one," she adds quickly.

"So you're a good witch owl?"

"Not entirely all good either," she says, flashing a mischievous smile that makes me think that maybe she is flirting with me. "I'm the kind of witch owl who won't use her power to hurt anybody. I'm more like a *curandera* in that sense. That is unless someone tries to hurt me or my family first. That brings out my darker side."

"Is somebody trying to hurt you?"

"Let's just say that there is somebody that wants me to do some very bad things."

"Who wants you to do that?"

"My grandmother, Constancia."

"Is that why your dad hates her? Because she wants to make you do bad things?"

"All these questions . . . " Zulema says. "Look, I'll make you a deal, mister smarty pants… I'll answer all your questions if you go with me to the ditch where you saw the chupacabras."

"How do you know about the chupacabras?"

"Because I read your mind, silly," she giggles. "Plus, I can still kind of smell it in the basement of my house."

"Smell it?"

"Witch owls have senses that are far superior to those of normal people."

"What else did you learn about me?"

"I learned that there is a girl that you secretly have a crush on," she says, smiling. *She* is *flirting with me!* "I've never seen a *real chupacabras before*," she says, changing the subject. "What did it look like?"

"Well . . . Wait! Didn't you just say you read by mind?"

She smiles and rolls her eyes. "Okay, great detective. You got me. What I should have said was: 'I *heard* your mind.' That describes it better. Voices come through the clearest, and strong thoughts. So?"

"So what?"

"So are you going to tell me about the chupacabras or not?"

"Very scary. Lots of teeth and covered with green hair. It almost got me," she blurts out. "Michelle and Bobby were the only ones who believed you about it, huh?"

"Not at first, but in the end . . . seeing is believing."

"Go with me to the ditch, Vincent."

"But it's dark outside. Aren't you scared?"

"The night doesn't scare me, Vincent."

"But your dad says you aren't supposed to be out when it's dark."

"And yet here I am, with you . . . at night. Do I look scared to you?"

"Why do you want to go there?"

"Because I need some strands of *chupacabras* hair. Witch owls have a superior sense of smell. Just one strand of *chupacabras* hair smells worse than a skunk to them. Since I'm only half a witch owl, I'm immune to it, and can use it to protect myself. I would have gotten some from my basement, but the cleaning crew did too good a job. They didn't leave a single strand of hair for me. It was as if they were trying to make sure there was no evidence that a *chupacabras* had ever lived there."

"So what else can be used against a witch owl?"

"Salt hurts them. Holy water, too. Trust me, Vincent, holy water is like battery acid to a witch owl."

"Why should I trust you? How do I know that there won't be a trap waiting for me at the ditch?"

"Because I'm a lot like you, Vincent."

"How so?"

"I'm a monster fighter too."

"What kind of monsters do you fight?"

"The worst kind of monsters."

"And what kind would that be?"

"Monsters like my grandmother."

"Won't your dad notice you are missing?" I glance over at her window and see her father tucking her into bed. "How are you doing that again?"

"It's an advanced form of three-dimensional astral projection," she tries to explain. "It enables me to be in two places at once."

"Does your father know you can do that?"

"Obviously not," she says, smiling. "My father knows that I have the potential to do magic. He just doesn't know that those abilities have already begun to manifest themselves. So are you going with me to the ditch or not, Vincent?"

I nod and grab my backpack. Zulema walks toward the open window and sticks out her hand.

"Take it," she tells me. "I'll fly us there."

"You can fly, too?"

Zulema nods.

"I'll stick to the ladder for now, if you don't mind," I say.

By the time I reach the ground, Zulema is already there waiting for me.

CHAPTER 8

Hold Your Breath if You Have To

"Just how powerful of a witch owl is your grandmother?"

"She is a queen," Zulema answers. "What does that tell you?"

"I assume it means that she is very powerful."

"You better believe it," she says. "Even as a child everybody in Catemaco feared her. They say that as a baby she once cursed a grown man to instant death just by looking at him. They call it the 'Death Stare Curse.'" By the time she was in her forties, there were no *curanderos* left with the courage to go up against her.

"And your mom was a witch owl too?"

"She was, but she escaped her flock."

"Her flock?"

"That's what they call a congregation of witch owls."

We finally reach the ditch.

"So this is where the *chupacabras* almost got you, Vincent?"

"Down there," I say, pointing at the culvert. "That's where we saw it."

As we make our way toward the drainage tunnel, Zulema begins to sniff around.

"Can you still smell the *chupacabras?*"

"Only a little. The water has washed away most of its scent."

I noticed that Zulema gets a concerned look on her face. "What's wrong?"

"I smell something else," she says.

"What?"

"I smell Constancia. She's been here, looking for me," she says, grabbing my arm and pulling me into the drainage ditch.

"Be very quiet or she'll find us," she warns me and raises her index finger to my lips. "Trust me, you don't want her to find us. She'll literally make soup with your bones."

Suddenly, we see Constancia making her way down to the ditch. It's the same woman I saw a few nights back.

"Zulema," she calls out. "I know you're here." She sniffs the air, trying to catch Zulema's scent, then turns and looks in the direction of the drainage tunnel. "I can smell both you and your friend." Constancia continues to make her way toward us. "Why fight it, Zulema? Becoming part of my flock is inevitable."

"I wish I had some salt," Zulema whispers.

"I have some salt," I tell her, remembering the saltshaker Michelle made me put in my backpack.

"Give it to me."

I reach into my backpack, pull out the saltshaker and hand it to her.

"Whatever you do, don't you dare make a sound," she says. "No matter how close she gets, you need to be completely quiet. Hold your breath if you have to."

We watch as her grandmother steps into the drainage tunnel. She is so close that she must surely see us by now, but somehow she does not. Somehow, Zulema has used her magic to make us invisible.

"Clever girl, can you name the magic you're using?" asks Constancia. "Does your father know how strong you are becoming?"

Constancia takes another step toward us. She is about to bump into us, when we hear the sounds of something go *crunch!* underneath Constancia's feet. She has stepped on the skeletal remains of a small dog, probably one of the *chupacabras'* victims from this past summer. She drops down on all fours and sniffs it. Her face sours, as if picking up a foul odor. "A *chupacabras* was here once," she murmurs. "Filthy animals, those *chupacabras*. They are no better than the stray dogs they feast on."

"Get ready to run," whispers Zulema as she unscrews the top of the saltshaker.

"You belong with your family," Constancia pleads.

"I am with my family," Zulema declares defiantly and pours the entire contents of the saltshaker on her grandmother's head. "My father is all the family I need!"

"Argh! Ayyy!!!" The shriek coming from Zulema's grandmother is deafening.

Zulema picks something off the ground and then grabs my hand. We both run out of the drainage tunnel and up the ditch towards the street. I turn to look back and see Zulema's grandmother emerge from the culvert, shrieking as if she were on fire.

"Keep running! We need to get out of here," Zulema warns as we make our hasty retreat to my tree house.

CHAPTER 9

The Story of Fidencio and Lorena

Zulema and I have just brought Bobby and Michelle up to speed on last night's events.

"Are you sure Constancia didn't follow you guys?" Michelle asks.

"Pretty sure," I say.

With saucer eyes, Bobby looks at Zulema and asks, "So you really *are* a witch owl?"

"*Half* a witch owl," Zulema answers.

"I think we've already established that fact, Bobby," Michelle emphasizes.

"Are you part bird, too?" Bobby asks, still trying to wrap his brain around the idea of Zulema being a witch owl.

"A bird? I'm not a bird, Bobby," Zulema fires back, a bit annoyed. "Witches may be able to assume the form of owls, but they are still human."

"But what about the way you turn your whole head to look at us?" Bobby persists. "That's what birds do."

"That's just a habit I picked up as a kid," Zulema says. "When I was little, I used to pretend I was an owl. Now I do it without realizing it."

"Can you turn into an owl for real?" Michelle follows up.

Zulema shrugs her shoulders. "I've never really tried to."

"I still can't believe Vincent was actually right," says Bobby.

"*Half* right," Michelle adds quickly. "Which means he was also half wrong."

"Just remember that Zulema is one of the good guys," I remind Bobby.

"A good witch owl . . . How is that even possible?" Bobby asks. "Aren't all witch owls inherently evil?"

"Not at all, Bobby," Zulema insists. "All witch owls have the power to choose how they use their powers."

"Mom just texted us," Michelle announces. "She just picked up the potato chips and sodas for tonight. She wants us to go home to get them."

"We should go then," says Bobby.

"We'll be right back," Michelle promises. "I have so many questions to ask. We can keep talking when we come back, okay?"

"You mean when *you* get back," says Bobby as they both start climbing down the tree house. "I told you two, I'm not a part of this."

"Don't worry about Bobby," I tell Zulema as we watch them walk towards home. "He's just scared."

"He should be scared," Zulema says. "Witch owls can be very dangerous."

"How does one become a witch owl, anyway?"

"You can become a witch owl in one of three ways, Vincent. You can be stolen by a witch owl as a child and be indoctrinated into the dark arts. You can also do it by seeking out a witch owl on your own and getting her to take you on as an apprentice. Or, like me, it can be handed down to you from your mother. For five generations all the women in my family have been witch owls. My mother Lorena was supposed to be my grandmother's successor as Queen."

"So what happened?"

"Lorena decided that she didn't want to follow in her mother's footsteps. She didn't want to use her powers to hurt others."

"I bet Constancia got mad."

"She was furious," Zulema agrees. "But she figured it was just a phase Lorena was going through . . . that soon enough she would fall in line."

"Did she?"

"Nope. Lorena ran away multiple times. And every time, Constancia sent out her minions to track her down and bring her back. My mother, however, was determined to escape Constancia's control."

"How did she finally get away from her?"

"She ran away again, but this time she used a spell to change her physical appearance so that Constancia's followers wouldn't be able to find her."

"Did it work?"

"It did," Zulema says with a smile. "Nobody could see through her magical disguise. Nobody, that is, but a young *curandero* named Fidencio Ortiz, who lived in Catemaco."

"Your dad could tell she was a witch owl?"

"He could, but he also saw her true nature. He saw that Lorena was different from her mother. He saw that she didn't want to be like her, that she wanted to use her powers to help people, not hurt them."

"So he kept her secret?"

"He did. He also made her his assistant and began to teach her how to use her powers for good."

"A *curandero* and a witch owl working side-by-side to help people? That sounds so crazy," I confess to Zulema.

"Fidencio and Lorena ended up falling in love," Zulema adds, blushing. "They got married and I came along shortly after. Everything seemed perfect, that is until the day Constancia showed up."

"What did Constancia do?"

"When she found out that Lorena had married a *curandero*, she put the Death Stare Curse on her."

"Your grandmother put the Death Stare Curse on her own daughter?" I asked. She was not kidding about her grandmother being as bad as they come.

"My father fought Constancia off," Zulema continues. "But not before the damage was done. My father tried everything, but after five agonizing days, my mother died."

"I'm so sorry, Zulema."

"That wasn't the end of it, though. When Constancia found out I existed, she came for me. She demanded that I be handed over to her. She said that as her granddaughter, I belonged with her and her flock. My father refused, of course, and used all of his powers to fight her off again. But he knew it was no longer safe for me to stay in Catemaco. We have been on the run ever since. Always trying to stay one step ahead of Constancia until the day I am strong enough."

"Strong enough for what?"

"Strong enough to beat her, Vincent. Only then will she leave me alone."

"You *will* be strong enough to beat her one day," I tell her. "And on that day, you won't have to hide from her anymore."

"I hope you're right, Vincent. I really do. But until that day comes, I'll have to outsmart Constancia and stay one step ahead of her."

Just then, Zulema opens her palm and shows me a small clump of green hair.

"Is that *chupacabras* hair?"

"It sure is, Vincent. I grabbed it off the ground as we were leaving the drainage tunnel. I want you to have it," she says. "It will protect you from Constancia."

Crash! The sound of something being smashed across the street takes us both by surprise. We rush to the window of my tree house and see that the front door to Zulema's house has been kicked in!

CHAPTER 10

She Wants to Meet You at the Ditch

"Dad!" Zulema calls out repeatedly as we search her house for her father. "Where are you?"

Zulema's house looks like a war zone. The curtains have been ripped off their rods, parts of broken chairs are spread out across the living room floor. I try calling Michelle and Bobby with my cell phone to let them know what has happened, but they are not picking up.

"They got her!" I hear Bobby say. Standing at the doorway and gasping for air, Bobby looks disheveled, as if he's been in a fight.

"Where's Michelle?" I ask him.

"They got her," he repeats.

"Who got her?" I ask.

"Those women we saw by the snow cone cart," he says. "They jumped us on the way back from our house. We tried to run away, but they did something to us. We couldn't move. They took Michelle and told me to tell

Zulema that Constancia wants to meet her at the ditch. Zulema, they said that if you leave with them for Catemaco tonight, they'll let both Michelle and your father go free."

"I'll go," Zulema announces without even thinking about it.

"But it's a trap," I tell her.

"Regardless. I still have to go, Vincent. I can't let Constancia hurt them."

"Not alone you aren't," I tell her. I rush over and grab my backpack. "We are doing this together."

"No, Vincent," she says. "I'm the reason Michelle is in trouble. I'm the reason my father is being held prisoner. Maybe my grandmother is right. Maybe becoming a part of her flock is inevitable."

"But you're not like her," I insist.

"Are you so sure, Vincent? I *am* half a witch owl, after all." Zulema walks over to Bobby and places her hands on his shoulders. "I promise you, Bobby, that your sister will be fine."

"Zulema, don't do it," I say, pleading with her.

She places her index finger over my lips and says, "Everything will be okay, Vincent." Then she kisses me on my right cheek and in the blink of an eye, she's gone.

"I need to help her," I tell Bobby.

"You mean *we* need to help her," he corrects me.

"Aren't you scared?"

"Terrified. . . . But Michelle is my sister."

I punch Bobby on the arm to softly offer encouragement and to distract him from the thoughts that must be running through his mind.

"I have an idea that might just give us a fighting chance," I say.

"What is it? What's the plan?"

"If it's going to work, we will need to get the leftover fire crackers from last summer that are in my room."

"Okay. Anything else?" asks Bobby.

"Yes, we'll also need the strands of *chupacabra* hair that Zulema gave me. Some holy water too, and lots and lots of salt."

CHAPTER 11
Zulema Defiant

"I'm here, Constancia," Zulema announces as she approaches the culvert.

"I see Michelle," Bobby whispers, raising his head up from behind the bushes.

I grab his shirt and pull him back down.

"Don't let them see you," I tell him.

Michelle looks like she's in a trance. Next to her is Zulema's dad, who has been both tied and gagged. We begin to quietly make our way down to the ditch, being mindful to stay upwind so that Zulema's grandmother will not be able to pick up our scent. We can hear Zulema speaking to her grandmother.

"You said you would let them go if I came," Zulema prods Constancia. "I'm here. Now, keep your word." Standing next to Zulema's grandmother are the two women that followed us to the snow cone cart. They're members of Constancia's flock, no doubt.

"You are stronger than your mother was at your age," says Constancia. "You will be a worthy addition to my flock."

"Let my father and friend go," Zulema repeats, ever defiant.

"First you must swear your allegiance to me," Constancia says.

Zulema's father shakes his head frantically, gesturing for his daughter to resist.

"Swear your allegiance to both me and my flock," Constancia insists.

Zulema drops down to one knee.

"Say the words," declares Constancia. "Say them and be mine forever."

"I . . . I, Zulema Ortiz," she says with great hesitation.

"Say the words, Zulema!" declares her grandmother, growing impatient. "You're just as stubborn as your mother."

"I, Zulema Ortiz," she says again. "I, Zulema Ortiz, swear my allegiance to . . . swear my allegiance to . . . "

"Do it!" demands Zulema's grandmother. "Do it, or your friend here will pay the price for your defiance." Constancia grabs Michelle by her hair.

"We have to stop her from taking the pledge," I tell Bobby.

I reach into my backpack and pull out a pack of firecrackers that I spark up with a barbecue lighter and throw at Constancia.

Pop! Pop! Pop! The fireworks provide the perfect distraction for us to rush down and get the jump on Constancia and her flock.

I reach into my backpack and pull out two oversized water guns. I toss one to Bobby.

"Water guns?" Zulema asks. "You brought water guns?!"

"These are no mere water guns," I shout out with glee. "They are super soaker water cannons!"

We pump the water guns three times and aim them at the two women in Constancia's flock. As they begin to transform into owls we hit them both full blast with our super soakers. The women shriek out in pain and fall to the ground, hissing and screaming as if they are on fire before going unconscious.

"How did you do that?" asks Zulema.

"This isn't plain old water we're using," I say, laughing. "It's holy salt water with just a touch of *chupacabras* hair!"

We poured an entire box of salt into a bucket full of holy water from the church up the street and filled up our super soakers with it. We also added strands of *chupacabras* hair for good measure.

Constancia is furious! "Zulema belongs with her family," she says as she transforms into an owl.

Bobby and I try to blast her with our water cannons, but to our dismay, there isn't much water left in them.

"I am with my father and I am with my friends," declares Zulema, defiant. "They are all the family that I need!"

Then right before our eyes, Zulema transforms for the first time into an owl and charges at her grandmother. Zulema is really letting Constancia have it. For a moment, I begin to think that she just might win. However, her grandmother is stronger. Two vicious blows from Constancia's wings send Zulema crashing to the ground at my feet. Zulema shifts into her human form and so does Constancia.

"You are mine," says her grandmother triumphantly.

"Zulema belongs with her family," we hear Mr. Ortiz suddenly declare. In the melee, Michelle had recovered from her trance and untied him!

"You are too late," declares Constancia. "She is mine!"

Zulema's Papá holds up the rope that had been used to bind him. When Constancia sees it, she begins to hiss. He starts chanting a prayer and ties a knot on the rope.

"Argh!!!" Constancia screams as her right leg fails her and she falls down to one knee. Mr. Ortiz continues to chant his prayer and ties another knot. This time Constancia's other knee fails her. She is trying to get back up, but can't!

"What's your father doing?" I ask Zulema.

"He is reciting the prayer of *La Magnífica*," she says. "It is one of the most powerful prayers you can use against witch owls. Every time he says it, he ties a knot on the rope, binding my grandmother."

By the time Zulema's father ties the seventh and final knot on the rope, Constancia is all rolled up like a ball, with her arms and legs intertwined. With her hands draped across her mouth, Constancia is unable to use any of her magic spells on Mr. Ortiz.

"Zulema is where she belongs," he tells her. "She is with her father. She is where her mother wanted her to be. One day Zulema will be strong enough to beat you herself. When that day comes, you had best leave her alone, if you know what's good for you."

We watch as the two members of her flock lift Constancia up as if she were a beach ball and carry her away into the shadows.

CHAPTER 12

Are You Going to Have to Go Away Now?

We're all sitting in the tree house the next morning.

"Are you going to have to go away now?" I ask Zulema.

"I'm afraid so, Vincent. My dad thinks it would be for the best."

"But we beat her," Bobby says. "We beat your grandmother. Why do you have to leave?"

"She isn't going to give up," Zulema says. "And I'm not strong enough to beat her on my own. Not yet anyway. But I will be. When that day comes, my dad and I won't have to go on the run anymore."

"You better hurry up and get stronger soon, girl," says Michelle, who is now fully recovered from having been put in a trance. She gives Zulema a great big hug. "We want you back as soon as possible."

"We better get home before you get kidnapped by witch owls again," Bobby warns his sister.

"See you tomorrow, Vincent," Michelle hollers as she and Bobby climb down the ladder.

I look at Zulema. I want to tell her she was right about me having a crush on a girl. I just can't find the courage to tell her that she's the girl I'm sweet on. But then, the smile she gives me tells me that maybe she already knows.

"I have a crush on you too, Vincent," she says as she kisses my cheek. "I heard your mind, remember?" she says, as she perches herself on the tree house windowsill.

"Take care, Vincent Ventura. And keep fighting those monsters."

Just like that, Zulema is gone.

As I climb down from the tree house, I turn to see that her father's van is already gone from the driveway.

Zulema has taught me a valuable lesson—not all monsters are evil. They have the power to choose, to break the mold and be good. Will I ever see Zulema again? I certainly hope so, and I cannot shake this feeling in my bones that Zulema and I will cross paths again in the future. And my bones, let me tell you, are never wrong.

CHAPTER 13

House for Rent

From my tree house window, I see a cleaning van pull up to the house directly across the street from mine. I watch as five men dressed in black overalls emerge from it carrying cleaning tools. Four of them go inside the house, but the fifth one makes his way to the front yard and begins to hammer a sign into the ground.

It reads: HOUSE FOR RENT.

One day soon, somebody else will move into the house at 666 Duende Street. *Will it be a normal family this time, or will it be a monster? And if it is a monster, will it be evil? Or will it be like Zulema? A* monster *that chooses not to be one?* Whatever the case might be, I will be ready.

Also by Xavier Garza

Creepy Creatures and Other Cucuys

Donkey Lady Fights La Llorona and Other Stories /
La señora Asno se enfrenta a la Llorona y otros cuentos

Kid Cyclone Fights the Devil and Other Stories /
Kid Ciclón se enfrenta a El Diablo y otras historias

Rooster Joe and the Bully / El Gallo Joe y el abusón

Vincent Ventura and the Mystery of the Chupacabras /
Vincent Ventura y el misterio del chupacabras

También por Xavier Garza

Creepy Creatures and Other Cucuys

Donkey Lady Fights La Llorona and Other Stories /
La señora Asno se enfrenta a la Llorona y otros cuentos

Kid Cyclone Fights the Devil and Other Stories /
Kid Ciclón se enfrenta a El Diablo y otras historias

Rooster Joe and the Bully / El Gallo Joe y el abusón

Vincent Ventura and the Mystery of the Chupacabras /
Vincent Ventura y el misterio del chupacabras

VINCENT VENTURA

Y EL MISTERIO DE
LA BRUJA LECHUZA

#2

VINCENT VENTURA

Y EL MISTERIO DE LA BRUJA LECHUZA

Xavier Garza

Ilustraciones por Xavier Garza

Traducción al español de Gabriela Baeza Ventura

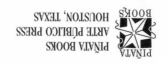

PIÑATA BOOKS
ARTE PÚBLICO PRESS
HOUSTON, TEXAS

La publicación de *Vincent Ventura y el misterio de la bruja lechuza* ha sido subvencionada en parte por el National Endowment for the Arts y el Texas Commission on the Arts. Les agradecemos su apoyo.

¡Piñata Books están llenos de sorpresas!

Piñata Books
An imprint of
Arte Público Press
University of Houston
4902 Gulf Fwy, Bldg 19, Rm 100
Houston, Texas 77204-2004

Ilustraciones de Xavier Garza
Diseño de la portada de Mora Des!gn Group

Names: Garza, Xavier, author, illustrator. | Baeza Ventura, Gabriela, translator. | Garza, Xavier. Vincent Ventura and the mystery of the witch owl. | Garza, Xavier. Vincent Ventura and the mystery of the witch owl. Spanish.
Title: Vincent Ventura and the mystery of the witch owl = Vincent Ventura y el misterio de la bruja lechuza / by/por Xavier Garza ; illustrations by Xavier Garza ; Spanish translation by Gabriela Baeza Ventura.
Other titles: Vincent Ventura y el misterio de la bruja lechuza
Description: Houston, Texas : Piñata Books ; Arte Público Press, [2019] | Series: A monster fighter mystery ; [2] | Audience: Grades 4-6. | Summary: Convinced that his new neighbor, Zulema Ortiz, is a witch owl, Vincent persuades his cousins Michelle and Bobby to help solve the puzzle—while denying he has a crush on Zulema.
Identifiers: LCCN 2019029042 (print) | LCCN 2019029043 (ebook) | ISBN 9781558858909 (paperback) | ISBN 9781518505935 (epub) | ISBN 9781518505942 (kindle edition) | ISBN 9781518505959 (adobe pdf)
Subjects: CYAC: Mystery and detective stories. | Owls—Fiction. | Witchcraft—Fiction. | Hispanic Americans—Fiction. | Spanish language materials—Bilingual.
Classification: LCC PZ73 .G368287 2019 (print) | LCC PZ73 (ebook) | DDC [Fic]—dc23
LC record available at https://lccn.loc.gov/2019029042
LC ebook record available at https://lccn.loc.gov/2019029043

♾ El papel utilizado en esta publicación cumple con los requisitos del American National Standard for Information Sciences—Permanence of Paper for Printed Library Materials, ANSI Z39.48-1984.

Impreso en los Estados Unidos de América
octubre 2019–noviembre 2019
Versa Press, Inc., East Peoria, IL
7 6 5 4 3 2 1

Le dedico este libro a mi esposa Irma.
No podría hacer lo que hago sin ti.

Índice

CAPÍTULO 1

La niña de la ventana

Me despierto con el ruido de llantas chillando sobre el pavimento frente a la ventana de mi cuarto. Veo que una minivan negra se está estacionando en la casa de la calle 666 Duende. El lugar se rentó hace muchos meses, pero nadie lo había ocupado todavía. Eso era hasta esta noche. Veo que un hombre mayor y una niña como de secundaria se bajan del vehículo y entran a la casa con prisa. Antes de cerrar la puerta principal, el hombre mira hacia el cielo como si estuviera buscando algo. Lo que estará buscando es un misterio para mí. Allí es cuando veo que la niña me está viendo por la ventana de su sala. Es una niña linda de pelo castaño y de ojos verdes almendrados. Me saluda con la mano y me sonríe. De pronto, el hombre le toma la mano y la quita de la ventana. Luego se apagan las luces de la casa.

Espero para que prendan las luces de uno de los otros cuartos, pero no lo hacen. La casa se mantiene completamente oscura. *¿Querrán hacer como que no*

1

están en casa? ¿Por qué querrán hacer eso? Mientras regreso a la cama, por el rabillo del ojo veo algo blanco en las ramas de un viejo fresno en su patio. En un principio creo que es una cobija que quedó atrapada en el viento y ahora está atorada en las ramas del árbol. Eso es, hasta que se abre algo que parecen ser alas. No es una cobija. Es una lechuza blanca enorme. *¿Así de grande serán las lechuzas? No lo creo. ¿Sería esto lo que estaba buscando el hombre?*

La lechuza voltea hacia mí. Rápidamente me escondo detrás de las cortinas. Después de unos minutos, me asomo despacito por detrás de las cortinas, temiendo que me haya visto. Aparentemente no me vio. La lechuza tiene unos ojos rojos brillantes que sobresalen de sus cuencas. Escucho que lanza una serie ululatos fuertes, y luego otras dos lechuzas se posan encima del viejo fresno. Juntas, las tres lechuzas vuelan hacia el suelo, pero para mi sorpresa, lo que aterriza no son lechuzas para nada. Lo que aterriza son tres mujeres vestidas de negro. Susurran unas a otras antes de irse en distintas direcciones.

Me pregunto qué estará pasando. *¿Estarán explorando el barrio?* Y luego la realización de lo que acabo de atestiguar me cae como una tonelada de ladrillos. Los monstruos han vuelto a instalarse en nuestro barrio. Pero, ¿por qué ahora? ¿Qué tiene que ver esto con la llegada de los nuevos vecinos misteriosos?

Parece que te cayó otro misterio de monstruos en las manos, Vincent Ventura me susurro a mí mismo. Voy a resolver este misterio.

CAPÍTULO 2

A ella le gusta dibujar lechuzas

Desde la distancia de mi casita de árbol me ajusto los binoculares y enfoco a Zulema Ortiz, mi nueva vecina, mientras va a revisar el buzón de correo.

—Por favor dime que no estás acechando a la linda niña de tu clase de arte, Vincent —me dice mi prima Michelle—. A las niñas no les gusta eso.

—No la estoy acechando.

—Sólo digo que si te gusta, deberías acercarte y hablarle en vez de estarla viendo como un rarito.

—No la estoy acechando. Estoy haciendo investigación sobre ella. Eso es *muy* diferente.

Zulema apareció en mi clase de arte a principio de semana, y allí reveló que es una artista muy buena. Curiosamente, ha demostrado gran destreza el dibujar lechuzas. ¿Una coincidencia? No lo creo, dado lo que vi la noche de su llegada. Su papá, el señor Ortiz, por su parte, tiende a ser muy reservado hasta ahora. Pero lo he visto actuar de manera cuestionable. Sin falta, siempre y

todas las noches, se asegura de que todas las puertas y ventanas de su casa estén bien cerradas. Eso no sería extraño si no fuera porque también derrama una línea de sal enfrente de cada puerta y ventana. Descubrí esto cuando hice algo de investigación secreta alrededor de su casa la otra noche. *¿Por qué hará eso?*

—Sigues diciéndote que es "investigación" —dice Michelle, sonriendo—. Pero creo que te gusta la niña nueva.

—No, no me gusta —difiero—. Esto es estrictamente profesional. Hay algo en ella que no está bien.

—Por favor, no me digas que Vincent anda asechando a la niña nueva —dice mi primo Bobby al subir por la escalera de mi casita de árbol. Michelle se voltea hacia mí con una sonrisa grande que dice *Te lo dije.*

—¿Por qué no vas y le hablas, Vincent? Es mejor que estarla viendo como un rarito.

La sonrisa de Michelle crece hasta que Bobby hace eco de los últimos comentarios.

—No es así —les digo a ambos—. Es serio, creo que hay más cosas que no vemos en Zulema.

—Ya, admítelo, te gusta —dice Michelle.

—Es obvio que sí —agrega Bobby.

—No, no me gusta.

—Vincent y Zulema sentados debajo de un árbol . . . —Michelle empieza a cantar.

—Be . . . be . . . be . . . besándose—agrega Bobby.

Hasta mi mascota, mi sabueso Kenny lo acompaña aullando.

—Paren —les digo, no me agrada para nada que me molesten—. ¿No tienen la más mínima curiosidad de saber por qué su papá pone una línea de sal enfrente de cada puerta y ventana?

—No —declara Bobby sin titubear—. No me importa para nada, y a ti tampoco debería interesarte. ¿Que no aprendiste la lección después de todo ese lío con el señor Calaveras? —Bobby se refiere al "Incidente del Chupacabras" del verano pasado—. ¿Qué no aprendiste a no meter las narices en donde no te importa?

—Pero, ¿no tienes ni una poquita de curiosidad? —le pregunto.

—Ni un poquitito —responde Bobby—. Me basta con un chupacabras en mi vida.

—Excepto que esto no es un chupacabras —le digo—. Es algo más.

—¿Qué crees que es? —pregunta Michelle.

—No le des cuerda —advierte Bobby.

—El señor Calaveras dijo que el chupacabras no era el único monstruo de verdad. Dijo que *todos* los monstruos existen.

—Entonces podría ser cualquier cosa —dice Michelle.

—Y para qué perder el tiempo averiguándolo —pregunta Bobby, "y" se empieza a preocupar de que Michelle se interese en lo que estoy diciendo.

—Pero la respuesta está esperando que la descubramos —les digo.

—Te pusiste dramático otra vez, Vincent —advierte Michelle.

—No es eso —la contradigo—. Elevo mis binoculares y vuelvo a enfocar en Zulema Ortiz.

—¿Por qué dijiste que la respuesta nos estaba esperando? —pregunta Bobby. —Ya te dije, no me voy a meter en esto.

—¿En serio quieres tener todas las respuestas a todas tus dudas sobre Zulema y su papá? —pregunta Michelle.

—Ya sabes que sí.

—Entonces baja y ve a decirle hola —dice Michelle.

—No es tan fácil —digo.

—Sí lo es —me responde y antes de que la pueda detener, Michelle empieza a bajar la escalera.

—¡Espera! —grito. *No se atreverá.*

Pero la verdad es que sé perfectamente que sí lo hará. ¡Mi prima Michelle no le tiene miedo a nada! Es demasiado intrépida para su bien, diría Bobby. Apenas voy a la mitad de las escaleras cuando veo que ya está cruzando la calle corriendo hacia Zulema. Ella aún está afuera de su casa. Veo que Michelle la saluda con la mano y se acerca a ella.

—Ay no —digo bajito.

¡Ahora están hablando! Enseguida veo que Michelle me señala. Quiero volver a subirme a la casita de árbol y esconderme. Pero luego ella y Michelle empiezan a caminar hacia mí. *¿Qué haces, Michelle? Aún no estoy listo para tener contacto con ella.* Sin embargo, mi prima me lo exige. Listo o no, estoy a punto de oficialmente conocer a mi vecina misteriosa.

CAPÍTULO 3

Se oscurecerá pronto

—Estás en mi clase de arte, ¿cierto? —pregunta Zulema.

—Sí —digo—. Tú eres la niña que está obsesionada con dibujar lechuzas.

—¿Qué hay de malo en dibujar lechuzas?

—Nada . . . pero, ¿por qué lechuzas?

—¿No crees que las lechuzas son medio extrañas? —pregunta Bobby.

—Las lechuzas no son extrañas para nada —dice Zulema, y voltea a ver a Bobby—. Sólo son pájaros que han sido malentendidos.

—Estoy de acuerdo con ella —dice Michelle—. Yo diría que se les ha dado mala reputación a las lechuzas.

—Dices eso porque te gustan las cosas espeluznantes, como los monstruos —dice Bobby.

—Pero, ¿por qué las lechuzas? —le vuelvo a preguntar a Zulema.

—Porque son criaturas interesantes —dice—. Por ejemplo, ¿sabías que hay más de doscientas especies de lechuzas?

—¿Tantas? —pregunta Bobby.

—Sí —dice Zulema y voltea a ver a Bobby—. ¿Sabes que son aves nocturnas? ¿Que cazan por la noche? ¿Que tienen unas garras poderosas para atrapar y matar a sus presas?

—¿Matar a sus presas? —pregunta Bobby.

—Las lechuzas tienen que comer, ¿qué no? —le dice.

—¿No les gustan las semillas que comen los pájaros? —pregunta Bobby.

—Las lechuzas son aves depredadoras —responde Zulema—. Algunas hasta cazan otros pájaros.

—¿Otras *aves?* —pregunta Bobby—. Qué feo.

—No se comen a otras lechuzas —dice Michelle—. Se comen otras aves así como los leones se comen otros mamíferos.

—De todos modos es raro —dice Bobby.

—Y, ¿de dónde eres, Zulema? —pregunta Michelle cambiando el tema antes de que Bobby se asuste por completo de que las lechuzas cacen otras con sus garras filosas.

—Recién nos movimos de Pittsburgh —dice y voltea la cabeza para ver a Michelle.

Ése último movimiento me hace notar que cada vez que nos quiere mirar, gira la cabeza completamente. *¿Por qué hará eso?* En ese momento recuerdo que las lechuzas, como la mayoría de las aves, tienen vista binocular. Sus ojos yacen fijos en las cuencas, así es que tienen que girar toda la cabeza para ver a su alrededor.

¿Está imitando los movimientos de la lechuzas? ¿Será su obsesión tan grande que intenta actuar como ellos?

—Pero mi familia es originalmente de una ciudad en México llamada Catemaco —agrega—. Mi papá era un curandero allí.

—¿Un qué? . . . ¿Dónde? —pregunta Bobby.

—Un curandero —dice Zulema—. Un sanador. Catemaco está en el sur de Veracruz.

¿Por qué me suenta Catemaco? Sé que he oído ese nombre antes. Pero, ¿dónde?

—Dijiste que era curandero. ¿Qué hace ahora? —pregunto.

—Aún es curandero —dice Zulema— pero ahora lo hace en línea.

—Un sanador en línea . . . ¿cómo funciona eso?

—Igual que como cualquier otro doctor en línea —dice Zulema—. Habla con la gente en línea y, por un costo, los diagnostica. Luego el paciente puede ordenar hierbas medicinales y remedios por internet de nuestra vieja tienda en Catemaco. Mi tío Rudy se encarga de ella.

—Seguramente odias tener que moverte tanto —dice Michelle.

—Un poco —responde—. Pero desde que mi mamá falleció, no nos hemos quedado mucho en un lugar.

—Siento lo de tu mamá —dice Michelle.

—Está bien —dice Zulema—. Apenas tenía seis años cuando pasó. Lo único que recuerdo es que era una mujer muy bella.

—¿Por qué no se queda tu papá en un lugar por mucho tiempo? —le pregunto. *Estará huyendo de algo, me pregunto.*

—¿Por qué tantas preguntas, Vincent? —pregunta Zulema—. ¿Es una interrogación o algo?

—No le hagas caso —dice Michelle—. Vincent se cree detective.

—Un Sherlock Holmes cualquiera, apuesto —dice Zulema, sonriendo.

—Bueno, espero que te quedes en nuestra escuela por un buen tiempo —dice Michelle.

—Yo también —dice Zulema. Se voltea y nos mira a mí y a Bobby—. Sería bueno quedarme lo suficiente para hacer amigos esta vez.

—Zulema —oímos que grita el señor Ortiz del otro lado de la calle—. ¿Dónde estás, Zulema?

—Estoy aquí, Papá —grita Zulema, y luego se asoma por la ventana de la casita de árbol y lo saluda con la mano. Michelle se acerca y también saluda al señor Ortiz.

—Vale más que vengas a casa —dice—. Se oscurecerá pronto.

—Vale más que me vaya —dice Zulema—. Pero fue un placer conocerlos a todos. Nos veremos en la clase de arte, Vincent. A lo mejor dibujo una lechuza especial para ti.

—Sería padre —le digo.

Cuando Zulema empieza a bajar de la casita de árbol, tomo mi celular y busco "Catemaco" en Google. *Sé que he oído ese nombre antes, pero ¿dónde?* Las respuestas empiezan a aparece en la pantalla de mi celular. Ahora recuerdo por qué es que Catemaco me era familiar. Catemaco no es sólo una ciudad en México. ¡Es la capital del mundo de la brujería!

CAPÍTULO 4

La capital mundial de la brujería

—Localizada en el sur del estado de Veracruz, Catemaco es conocida como el centro de los practicantes de las artes oscuras —dice Michelle leyendo de un libro sobre brujería latinoamericana que encontró en la biblioteca.

—¿Artes oscuras? —pregunta Bobby.

—En otras palabras . . . brujería —dice Michelle.

—Zulema y su papá vienen de Catemaco —le recuerdo.

—La mayoría de la gente normal diría que esto es una coincidencia, Vincent —dice Michelle—. No constituye ninguna evidencia de que uno de los dos sea brujo.

—Pero sí aumenta las posibilidades —respondo.

—Pero si no tienes pruebas irrefutables no —contesta Michelle—. No has podido demostrarlo por completo, Vincent.

—Pero su papá *es* un curandero —le recuerdo.

—Un curandero no es un brujo —dice Michelle—. Un curandero es un sanador. Eso es algo completamente distinto. Las brujas sacan su poder de la energía negativa que viene de hacer el mal. Los curanderos sacan su poder de las energías positivas, como de la fe y de la oración. La magia negra y la blanca son opuestas la una de la otra.

—No lo puedo creer —dice Bobby y pone los ojos en blanco—. Ustedes van a hacerlo, ¿cierto?

—¿Hacer qué? —respondemos el unísono.

—Nos van a volver a poner en el merito medio de ¡otra catástrofe de chupacabras!

—Esto no tiene nada que ver con los chupacabras —insisto.

—Pero sí de un monstruo, ¿no? —pregunta—. Todos siguen hablando de un *monstruo, ¿no?* Odio los monstruos.

—¿Por qué estás tan seguro de que no es un chupacabras esta vez? —pregunta Michelle.

—Por qué lo que vi hace cuatro noches eran lechuzas. ¡Estamos tratando de lechuzas!

—Pero hemos visto búhos en el barrio antes, Vincent. Eso no es nuevo —dice Michelle.

—Pero no tan grandes como los que vi —le aseguro—. Esas no eran lechuzas ordinarias. Estamos tratando de *brujas lechuzas.*

—¿Brujas lechuzas? —chilla Bobby—. No me gusta el sonido de esas dos palabras juntas.

—Las brujas lechuzas son mujeres que tienen el poder de transformarse en gigantes lechuzas —explico—. La

historia dice que se abalanzan sobre los niños a mediano-che y se los roban.

—¿Qué les pasa a los niños? —pregunta Bobby.

—A las niñas las convierten en brujas lechuzas. Así es como aumentan su parvada —agrego.

—Pero, ¿y los niños? —pregunta Bobby.

—Se dice que los niños son la merienda de mediano-che —dice Michelle con una sonrisa.

—Eso no es chistoso —dice Bobby.

—Yo no permitiría que una bruja lechuza transfor-mara a mi hermano gemelo en una merienda de media-noche —dice Michelle—. Pobre lechuza, probablemen-te se moriría de envenenamiento.

—¡ESO NO ES CHISTOSO! —grita Bobby.

—¿Qué crees que una bruja lechuza quiera de Zule-ma? —pregunta Michelle.

—¿Qué tal si Zulema misma *es* una bruja lechuza?

—Órale —dice Michelle incrédula—. Zulema es sólo una niña, Vincent. Es como de nuestra edad. ¿Cómo va a ser una bruja lechuza?

—Tú viste cómo se puso a la defensiva cuando hablamos de las lechuzas —le recuerdo.

—Pues es que a ella le gustan —dice Michelle—. Eso no quiere decir que *sea* una de ellas.

—¿No te fijaste cómo movía toda la cabeza para mirarnos?

—¿De qué estás hablando, Vincent? —pregunta Michelle.

—¡Estoy hablando de la visión binocular! —digo con dramatismo, lo cual hace que Michelle se ría fuerte.

—¿Estás insinuando que Zulema es mitad pájaro? —pregunta—. Eso es una locura, Vincent, hasta para ti. Sus ojos no están fijos en las cuencas como los de los pájaros.

—Y ¿por qué daba vuelta a toda su cabeza cada vez que tenía que mirarnos?

—No lo sé —dice Michelle—. Tal vez le duela el cuello, o tiene alguna condición médica. El hecho de que mueva la cabeza para mirarnos no es prueba de nada.

Quiero continuar discutiendo mi postura, pero Michelle ve tantos shows de leyes en la tele con su mamá que no va a aceptar mi teoría sin pruebas de apoyo.

—Y ¿ahora que hacemos? —pregunta Bobby—. Espero que sea olvidar toda esta locura de la bruja lechuza.

—Zulema nos visitó en la casita de árbol ayer —les digo—. Tal vez es hora de que *nosotros* vayamos a visitarla.

—No me gusta adonde va esto, Vincent —dice Bobby—. No me gusta para nada.

—Sólo vamos a ir a saludarla —digo—. ¿Tal vez podemos invitarla a ir por una raspa?

—Y si encuentras algunas pistas que apoyen tu teoría . . . —dice Michelle—. ¿Es por donde va la cosa, cierto, Vincent?

—¿Te atreves o no? —le pregunto.

—Ya me conoces, Vincent —dice Michelle—, siempre estoy lista para una buena aventura.

—¿Y tú, Bobby?

—Yo no —dice—. Si tú y mi hermana quien ir a buscar monstruos, no cuenten conmigo.

—¿No tienes ni la más mínima curiosidad? —pregunta Michelle.

—No, ni un poquitito —dice Bobby—. Digo, ¿alguno de ustedes dos ha pensado en lo que harían si esto resulta cierto?

La verdad es que yo no había pensado tanto en el futuro. Pero Bobby tenía razón. *¿Qué haríamos si las cosas salieron mal? ¿Cómo nos defenderíamos? ¿Acaso sabríamos cómo luchar contra una bruja lechuza?*

—Sal —dice Michelle, leyendo del libro sobre brujería—. De acuerdo a este libro, las brujas lechuzas son vulnerables a la pureza de la sal. Les roba sus poderes, así es que evitan el contacto con ella a todo costo.

—Eso explica por qué vi que el papá de Zulema estaba derramando sal por todas las ventanas y las puertas.

—¿Crees que lo estaba haciendo para que no entrara algo? —pregunta Michelle.

—O para que no saliera nada —agrego.

Los ojos de Michelle se agrandan con mi sugerencia. —¿Aún cargas el agua bendita y los crucifijos en tu mochila? —pregunta Michelle.

—Sí y otras herramientas para luchar contra los monstruos —le aseguro—. Siempre procuro estar listo para cualquier eventualidad.

Michelle se acerca y toma el salero de la mesa y me lo entrega.

—Ponlo en tu mochila —me indica.

Armados para enfrentar la batalla, en caso de que sea necesario, partimos a la casa de Zulema.

CAPÍTULO 5
¿En dónde la he visto antes?

—No tienes que venir, si tienes tanto miedo —Michelle le dice a Bobby.

—Alguien tiene que cuidarlos —Bobby le responde—. A fin de cuentas soy tu hermano mayor.

—Por dos mezquinos minutos —dice Michelle.

—Ya cálmense —los callo antes de tocar el timbre.

¡*Ring!* ¡*Ring!* ¡*Ring!* El señor Ortiz abre la puerta.

—¿En qué les puedo ayudar? —dice, mirándonos con sospecha.

—Éste . . . éste . . . vinimos a ver a Zulema —digo.

—Y, ¿quién eres tú? —pregunta el señor Ortiz. Su voz es áspera e impaciente.

—Soy Vincent, y ellos son mis primos, Michelle y Bobby.

El señor Ortiz se me queda viendo.

—Estamos en la misma escuela que su hija. Ella vino a nuestra casita de árbol ayer.

—Ah sí —dice, pero sigue ahí parado, mirándome.

Por un momento dudo si siquiera nos dejará ver a Zulema.

—Hola, muchachos —dice Zulema, asomándose por detrás de su papá—. ¿Qué hacen aquí?

—Sólo queríamos saber si quieres ir por un *snow cone* —dice Michelle.

—Me encantan las raspas —dice Zulema.

—Hay un carrito de raspas al final de la calle —dice Michelle—. Vende los mejores *snow cones* del mundo.

—A mí me gustan los de mango con chile —le informo.

Mis palabras hacen que Zulema sonría.

—A mí también me gustan las raspas de mango con chile —dice—. Son mis favoritas.

—Entonces, vamos —dice Michelle—. Nosotros te invitamos.

—¿Puedo ir, Papá?

—Quiero que vuelvas antes de que oscurezca —ordena el señor Ortiz.

—Sí, Papá. Déjenme ir a cambiarme los zapatos, muchachos —dice Zulema y sube las escaleras corriendo.

Mientras esperamos en la puerta, echo un vistazo al interior de la casa para ver si hay algo peculiar. Me enfoco en el retrato de una linda señora de ojos grandes y penetrantes como los de Zulema. A su lado está otra señora de aspecto enojón con un chal blanco. Me parece conocida.

—¿La joven del retrato es la mamá de Zulema? —le pregunto al señor Ortiz. Parece que le molesta mi pregunta.

Se mueve y se para enfrente de la puerta para obstruir mi vista.

—Disculpe —le digo—. Sólo pregunto porque Zulema se parece mucho a ella.

—Zulema nos dijo que se su mamá era una mujer muy bella —dice Michelle.

—Lo era —dice el señor Ortiz, suavizando su voz y dándose vuelta para mirar el retrato—. La mujer más bella del mundo, y con un corazón igualmente bello.

—Zulema dijo que su mamá murió cuando ella era pequeña —dice Michelle.

—Así es —dice el señor Ortiz tristemente—. Me habría gustado que Zulema hubiera tenido la oportunidad de conocer mejor a Lorena, su mamá.

—¿Quién es la señora enojona de al lado? —pregunta Bobby.

—No seas tan grosero —le susurra Michelle y le pellizca el brazo.

—No, tienes razón, es una enojona —dice el señor Ortiz tristemente—. Ella es Constancia, la abuela de Zulema, y de veras es una mujer verdaderamente cruel.

Era súper obvio que el señor Ortiz no le tenía cariño a la abuela de Zulema. *¿Pero por qué es que se me hace tan conocida la abuela de Zulema?*

—Lista —anuncia Zulema.

—Recuerda lo que te dije, Zulema —le dice el señor Ortiz.

—Sí, Papá, regresaré antes de que oscurezca.

Al salir le doy una última mirada al retrato. *¿En dónde he visto a esa señora de aspecto malvado?* Allí es cuando me cae el veinte. Ya sé exactamente dónde la he visto. ¡Es una de las mujeres que vi transformarse en bruja lechuza la noche en que Zulema se mudó al barrio!

CAPÍTULO 6

¡El chile en polvo hace que los *snow cones* sean lo mejor de lo mejor!

—¡Eres igualita a Vincent! —dice Michelle mientras ve que Zulema le da mordidota a su raspa de mango con chile extra en polvo—. Entiendo lo del mango, ¿pero el chile? ¿Cómo es que comen esa cosa?

—No sabes lo que te pierdes —dice Zulema—. ¡El chile en polvo hace que los *snow cones* sean lo mejor de lo mejor!

—El chile es bueno . . . sí . . . —dice Bobby— es bueno para hacerte un agujero en la panza.

—El chile en polvo no te hace agujeros en la panza, Bobby —le discute Zulema—. Yo lo sé. Lo he comido desde que vivía en Catemaco.

—¿Cuánto tiempo viviste en Catemaco? —pregunto.

—Hasta como los siete.

—¿Sabes cómo le dice a Catemaco? —le pregunto.

—La capital mundial de la brujería.

—¿Es cierto que es la capital mundial de la brujería? —interpone Bobby.

—Claro que sí —dice Zulema—. Todas somos brujas allí —dice con un brillo en los ojos.

¿Acaba de confesar que es bruja?

—Ya sabes que sólo te está tomando el pelo, Bobby —le asegura Michelle a su hermano.

—Espera un segundo —dice Zulema—. ¿Ustedes creen que soy bruja? Se supone que las brujas son feas —dice Zulema—. ¿Están diciendo que soy fea?

Miro a mis amigos y hablo por todos: —No, no es así.

—Entonces, ¿creen que soy bonita? —dice Zulema con una sonrisa.

¿Me está coqueteando?

—Sí, Vincent —alienta Michelle—, ¿crees que Zulema es bonita?

Estoy perplejo. No sé qué decir. Pero tanto Zulema como Michelle me observan, esperan que diga algo.

Bobby habla y me rescate de tener que contestar. —Y, ¿las historias de que las brujas viven en Catemaco son ciertas? —pregunta.

—Esas historias sólo se dicen para atraer a los turistas —dice Zulema—. No hay brujas de verdad en . . . Catemaco . . . —De repente se detiene cuando dos mujeres se acercan y piden raspas.

—¿Todo bien, Zulema? —pregunta Michelle.

—Todo bien —dice Zulema sin quitarle los ojos de encima a las dos mujeres.

—¿Las conoces? —le pregunto.

—No —dice Zulema, pero las sigue observando.

¿Qué pasa? ¿Por qué Zulema estará actuando tan rara de repente?

—Creo que ya debo irme a casa —anuncia Zulema.

—¿Tan pronto? —pregunta Michelle.

—No quiero que se preocupe mi papá —dice y se da la vuelta.

—Espera —dice Michelle—. Iremos contigo.

Justo en ese momento empiezan a caminar las dos mujeres hacia nosotros. Es cuando Zulema toma una botella de chile en polvo del carrito de las raspas y espolvorea chile a todo nuestro alrededor. Las dos mujeres nos miran enojadas, como si algo no les permita que se nos acerquen. Miro a Michelle y a Bobby, pero ninguno de los dos ve lo que Zulema ha hecho. Zulema les devuelve la mirada a las señoras y sonríe.

¿Hizo algo para que las señoras no nos siguieran? La sonrisa en su cara me hace pensar que tal vez sí. *¿Pero qué?* Luego recuerdo que uno de los ingredientes principales del chile en polvo es la sal. ¡Las lechuzas odian la sal!

CAPÍTULO 7

¿Por qué me estás vigilando?

Desde mi casita en el árbol y a través de los binoculares veo que el señor Ortiz otra vez está derramando líneas de sal en cada ventana y puerta de su casa. Miro hacia la recámara de Zulema y la veo cepillándose el pelo mientras se prepara para dormir. La niña aún es un misterio para mí aunque hoy aprendí un poco más de ella. También fue entretenido pasar tiempo juntos; y algo en mí desea que sea una adolescente normal de trece años que le tiene cariño a las lechuzas. Sin embargo, queda el hecho que tanto ella como su padre vienen de la capital mundial de la brujería. *Además, ¿por qué es que su papá odia a su abuela Constancia? ¿Por qué dijo que era una mujer cruel? ¿Qué fue exactamente lo que hizo ella para hacerlo decir eso? Y ¿qué de las otras dos mujeres que querían acercarse a nosotros cerca del carrito de las raspas? ¿Querían seguirnos? No cabe duda que sí. ¿Zulema las detuvo con la sal del chile en polvo?*

Vibra mi celular. Es un texto de Michelle. Quiere saber si aún vamos a hacer una pijamada en la casita de árbol mañana por la noche. Le respondo que sí. Mi papá me dio permiso porque lo haremos durante el fin de semana. Michelle me manda otro mensaje y me dice que ella y Bobby traerán refrescos y papitas.

De repente escucho una voz que dice —¿Por qué me estás vigilando? —Sorprendido, levanto la vista de mi teléfono y veo a Zulema en la ventana de mi casita de árbol. Con cuidado, entra a la casa por la ventana y camina hacia mí. Doy un vistazo detrás de ella y veo que sigue sentada en su recámara, cepillándose el pelo.

—¿Cómo haces eso? —le pregunto.

—Te hice una pregunta, Vincent. ¿Por qué me estás vigilando?

—No te estoy vigilando.

—¿En serio? —dice, y señala los binoculares en mi cuello—. Te vi espiándome.

—No te estoy espiando.

—Mientes, Vincent. ¿A lo mejor debo decirle a mi papá lo que estás haciendo? Mejor aún, tal vez deba ir a decírselo al tuyo . . .

—No —le ruego, nervioso.

—¿Quieres hacerme daño?

—Para nada. ¡Yo no te haría daño!

—¿Le harías daño a mi papá?

—No, ¿por qué me preguntas eso?

—Entonces, ¿por qué me estás vigilando?

—Quería asegurarme de que no era una bruja lechuza.

—Las palabras *bruja lechuza* parecen sorprenderla.

—¿Por qué pensarías que soy una bruja lechuza?

—Vi a tres la noche en que se mudaron tú y tu papá.

—¿Tres qué?

—Vi tres brujas lechuzas. En serio.

—Quiero creerte, Vincent, en serio. Pero quiero estar segura —dice Zulema y me toma por los hombros y me mira a los ojos por un buen rato sin parpadear. Después de un rato, me sonríe y suspira profundo—. Sólo quiero estar segura de que me estás diciendo la verdad.

—¿Me crees?

—Sí.

—¿Por qué?

—Por que te acabo de leer el pensamiento.

—¿Me leíste el pensamiento? —le pregunto y me siento un poco molesto porque ha invadido mi privacidad.

—Lo siento, pero tenía que estar segura de que me dijiste la verdad. Además, con esto estamos parejos, ya que me has estado vigilando como un rarito. Tu prima Michelle tenía razón, a las chicas no nos gusta eso.

Me molesta lo que Zulema acaba de hacer, pero supongo que tiene razón de que ya estamos parejos. Miro su casa y veo que sigue cepillándose el pelo.

—¿Cómo es que haces eso?

—Lo puedo hacer porque soy *mitad* bruja lechuza —finalmente me lo confiesa.

—¿Sí? —Me sorprende un poco el hecho de que esté dispuesta a darme esa información sin que se lo pregunte—. Entonces tenía razón . . . ¡lo sabía! —Estoy ansioso por echárselo en la cara a Michelle.

—*Medio* cierto —me corrige—. También soy mitad curandera por el lado de mi padre.

—¿Así es que eres bruja lechuza y curandera? ¿Cómo es posible eso?

Las curanderas y las brujas lechuzas, leo, son archienemigas. Desde que las brujas lechuzas han estado haciendo desastres en el mundo, las curanderas se han enfrentando a ellas. *¿Ahora Zulema me está diciendo que ella es las dos cosas?*

—Es complicado —dice Zulema—. Pero sólo soy mitad bruja lechuza y no soy de las malas —agrega rápidamente.

—¿Entonces eras una bruja lechuza buena?

—No soy completamente buena tampoco —dice, lanzándome una sonrisa traviesa que me vuelve a hacer creer que me está coqueteando—. Soy el tipo de bruja que no usará sus poderes para hacer daño. En ese sentido soy más como una curandera. Eso es hasta que alguien trate de hacernos daños a mí o a mi familia. En ese caso se revelaría mi lado oscuro.

—¿Alguien está tratando de lastimarte?

—Digamos que hay alguien que quiere que yo haga cosas muy malas.

—¿Quién quiere que hagas maleficios?

—Mi abuela, Constancia.

—¿Es por eso que tu papá la odia? ¿Por qué quiere que hagas cosas malas?

—Tantas preguntas . . . —dice Zulema—. Mira, hagamos un trato, Señor Sabelotodo . . . Contestaré

todas tus preguntas si me llevas a la acequia donde viste al chupacabras.

—¿Cómo sabes lo del chupacabras?

—Porque te leí el pensamiento, tonto —se ríe—. Además, aún se puede oler su peste en el sótano de mi casa.

—¿En serio?

—Sí, las brujas lechuzas tienen sentidos superiores a los de las personas normales.

—¿Qué otra cosa aprendiste sobre mí?

—Supe que hay una niña que te gusta en secreto —dijo, sonriendo. *¡Me está coqueteando!*— Jamás he visto un chupacabras *de verdad* —dice, cambiando de tema—. ¿Cómo era?

—Bueno . . . ¡espera! ¿Qué no dijiste que me leíste la mente?

Sonríe y pone los ojos en blanco. —Bien, Detective. Me atrapaste. Lo que debí haber dicho era que *escuché tu mente*. Eso es. Los pensamientos que suenan más claros y fuertes. Y . . .

—¿Y qué?

—¿Y qué me vas a contar del chupacabras?

—Aterrador. Tenía muchos dientes y estaba cubierto con un pelaje verde. Por poco y me atrapa —grita rápidamente—. Michelle y Bobby fueron los únicos que te creyeron, ¿cierto?

—Al principio no, pero al final . . . se dieron cuenta que ver es creer.

—Llévame a la acequia, Vincent.

—Pero ya está oscuro. ¿No tienes miedo?

—No le tengo miedo a la noche, Vincent.

—Pero tu papá te dijo que no debes estar afuera cuando se oscurece.

—Y mira, estoy aquí contigo . . . en la noche. ¿Me veo como si tuviera miedo?

—¿Para qué quieres ir allá?

—Porque necesito unos mechones del pelaje del chupacabras. Las brujas lechuzas tienen un sentido superior de olfato. Un solo pelito del chupacabras les parece apestar peor que todo un zorrillo. Como yo sólo soy mitad bruja, soy inmune al olor y lo puedo usar para protegerme. Lo habría tomado de nuestro sótano, pero el equipo de limpieza hizo tan buen trabajo que no me dejaron ni un sólo pelo. Es como si hubieran estado tratando de asegurarse de que no hubiera evidencia de que el chupacabras hubiera vivido allí.

—¿Y qué más se puede usar en contra de la bruja lechuza?

—La sal. El agua bendita también. Créeme, Vincent, el agua bendita es como el ácido de la batería para una bruja lechuza.

—¿Por qué debo creerte? ¿Cómo sé que no me estás tendiendo una trampa en la acequia?

—Porque yo me parezco mucho a ti, Vincent.

—¿Cómo?

—También soy exterminadora de monstruos.

—¿Contra qué tipos de monstruos luchas?

—Contra los más malos.

—¿Y cuáles serían esos?

—Monstruos como mi abuela.

—¿Tu papá no se dará cuenta de que no estás en casa? —Echo una mirada a su ventana y veo que su padre la está arropando en la cama—. ¿Cómo estás haciendo eso?

—Es una forma avanzada de una proyección astral tridimensional —intenta explicarme—. Me permite estar en dos lugares a la vez.

—¿Sabe tu papá que puedes hacer eso?

—Obvio que no —dice sonriendo—. Mi padre sabe que tengo el potencial para hacer magia. Pero sencillamente no sabe que esas habilidades ya han empezado a manifestarse en mí. Bueno, ¿vas a ir conmigo a la acequia o no, Vincent?

Asiento con la cabeza y tomo mi mochila. Zulema camina hacia la ventana abierta y me extiende la mano.

—Dame la mano —me dice—. Iremos volando.

—¿También puedes volar?

Zulema asiente.

—Si no te importa, prefiero usar la escalera por ahora —digo.

Cuando llego al suelo, Zulema ya está allí esperándome.

CAPÍTULO 8

No respires si no tienes que hacerlo

—¿Cuánto poder tiene tu abuela como lechuza?

—Es una reina —responde Zulema—. ¿Qué te dice eso?

—Que es muy poderosa.

—Aunque no lo creas —dice—. Cuando yo era niña todos le temían en Catemaco. Dicen que cuando ella era bebé le puso un hechizo de muerte instantánea a un hombre adulto con sólo mirarlo. Lo llaman el "hechizo de la mirada mortal". Para cuando llegó a los cuarenta, no había curanderos que tuvieran la valentía para enfrentarse a ella.

—¿Y tu mamá también era una bruja lechuza?

—Sí, pero se escapó de su parvada.

—¿Su parvada?

—Así se llama la congregación de las brujas lechuzas.

Al final llegamos a la acequia.

—¿Así es que aquí es donde casi te atrapa el chupacabras, Vincent?

—Allá abajo —digo y apunto hacia el túnel—. Allí fue donde lo vi.

Mientras bajamos, Zulema empieza a olfatear.

—¿Aún puedes oler al chupacabras?

—Sólo un poco. El agua ha lavado la mayoría de su olor.

Noto que Zulema tiene una mirada de preocupación.

—¿Qué pasa?

—Huelo algo más —dice.

—¿Qué?

—Huelo a Constancia. Ha estado aquí . . . observándome —me dice y me toma del brazo para jalarme hacia el túnel de drenaje.

—No hagas mucho ruido o nos descubrirá —me advierte y pone su índice en sus labios—. Confía en mí, no quieres que nos descubra. Literalmente haría caldo con tus huesos.

De repente vemos que Constancia está bajando por la acequia. Es la misma mujer que vi hace unas noches.

—Zulema —grita—. Sé que estás aquí. —Olfatea en el aire, tratando de atrapar el olor de Zulema. Luego se voltea y mira en dirección al túnel de drenaje—. Puedo olerte a ti y a tu amigo. —Constancia continúa caminando hacia nosotros—. ¿Por qué luchas contra esto, Zulema? Ser parte de mi parvada es inevitable.

—Me gustaría tener sal —susurra Zulema.

—Yo tengo —le digo, y recuerdo el salero que Michelle me hizo poner en la mochila.

—Dámelo.

Meto la mano en la mochila, saco el salero y se lo doy.

—Hagas lo que hagas, no vayas a hacer ruido —me dice—. No importa qué tan cerca esté, tienes que quedarte bien callado. Tampoco respires si no tienes que hacerlo.

Vemos cómo su abuela entra al túnel de drenaje. Está tan cerca que seguramente nos ve, pero por alguna razón no es así. Zulema, de alguna forma, ha usado su magia para hacernos invisibles.

—Niña lista, ¿podrías decirnos cuál es la magia que estás usando? —pregunta Constancia—. ¿Sabe tu papá lo poderosa que te estás poniendo?

Constancia da otro paso hacia nosotros. Está a punto de chocar contra nosotros cuando oímos los sonidos de algo que cruje debajo de sus pies. Acaba de pisar en los restos de un perro pequeño, probablemente una de las víctimas del chupacabras del verano pasado. Se deja caer en cuatro patas y empieza a olfatear. Su cara hace un gesto de asco como si estuviera oliendo algo podrido. —Aquí estuvo un chupacabras —murmura—. Esos chupacabras son unos animales asquerosos. Son igualitos a los perros callejeros que comen.

—Prepárate para correr —susurra Zulema mientras destapa el salero.

—Debes estar con tu familia —ruega Constancia.

—Ya estoy con mi familia —declara Zulema desafiante y vierte todo el contenido del salero en la cabeza

de su abuela—. ¡Mi papá es toda la familia que necesito!

—¡Ay! ¡Ayyyy! —el alarido de la abuela de Zulema es ensordecedor.

Zulema recoge algo del suelo y luego me agarra de la mano. Salimos corriendo del túnel de drenaje y por la acequia hacia la calle. Me doy vuelta y veo que la abuela de Zulema emerge del túnel de drenaje, aullando como si se estuviera quemando.

—¡Sigue corriendo! Tenemos que irnos de aquí —advierte Zulema mientras volvemos con prisa a la casita de árbol.

CAPÍTULO 9

La historia de Fidencio y Lorena

Zulema y yo acabamos de poner a Bobby y a Michelle al tanto de los eventos de anoche.

—¿Estás seguro de que Constancia no los siguió? —pregunta Michelle.

—Bien seguros —digo.

Con los ojos bien abiertos, Bobby mira a Zulema y pregunta —¿En verdad *eres* una bruja lechuza?

—*Mitad* bruja lechuza —responde Zulema.

—Creo que ya establecimos ese hecho, Bobby —enfatiza Michelle.

—¿Y también eres mitad pájaro? —pregunta Bobby, todavía tratando de entender que Zulema es una bruja lechuza.

—¿Pájaro? No soy pájaro, Bobby —Zulema responde un poco molesta—. Aunque las brujas tomen la forma de lechuza, siguen siendo humanos.

41

—Pero, ¿por qué das vuelta a toda la cabeza para mirarnos? —insiste Bobby—. Eso es lo que hacen los pájaros.

—Es algo que aprendí cuando era pequeña —dice Zulema—. Cuando era chiquita pretendía ser lechuza. Ahora lo hago sin darme cuenta.

—¿En serio puedes transformarte en lechuza? —le sigue Michelle.

Zulema encoge los hombros. —Nunca lo he intentado.

—Todavía no puedo creer que Vincent haya tenido razón —dice Bobby.

—*Mitad* cierto —agrega Michelle rápidamente—. Lo cual significa que también está medio equivocado.

—Sólo recuerda que Zulema es de las buenas —le recuerdo a Bobby.

—Una bruja lechuza buena . . . ¿cómo es posible eso? —pregunta Bobby—. ¿Qué no es que todas las brujas lechuzas son malas por naturaleza?

—Para nada, Bobby —insiste Zulema—. Todas las brujas lechuzas tienen el derecho de escoger cómo usan sus poderes.

—Mamá acaba de mandarnos un mensaje de texto —anuncia Zulema—. Ya compró las papitas y las sodas para esta noche. Quiere que vayamos a casa por ellos.

—Entonces vamos —dice Bobby.

—Ahorita volvemos —promete Michelle—. Tengo tantas preguntas. Podemos seguir hablando cuando volvamos, ¿de acuerdo?

—Quieres decir cuando vuelvas *tú* —dice Bobby cuando los dos empiezan a bajar de la casita de árbol—. Ya les dije a los dos que no quiero ser parte de esto.

—No te preocupes por Bobby —le digo a Zulema mientras los vemos caminar hacia la casa—. Tiene miedo.

—Debería tener miedo —dice Zulema—. Las brujas lechuzas pueden ser muy peligrosas.

—En todo caso, ¿cómo se convierte uno en bruja lechuza?

—Puedes llegar a ser bruja lechuza en una de tres maneras, Vincent. Si una bruja lechuza te roba cuando eres chico y te adoctrina en las artes oscuras. También lo puedes hacer si buscas una bruja lechuza por tu cuenta y consigues que ella te tome como aprendiz. O como yo, puedes heredarlo de tu madre. Todas las mujeres de mi familia hemos sido brujas lechuzas por cinco generaciones. Se supone que Lorena, mi madre, era sucesora de la reina, mi abuela.

—¿Y qué pasó?

—Lorena decidió que no quería seguir lo pasos de su madre. No quería usar sus poderes para lastimar a nadie.

—Apuesto que Constancia se enojó.

—Estaba furiosa —Zulema acordó—. Pero pensó que sólo Lorena estaba pasando por una fase . . . que pronto obedecería.

—¿Y lo hizo?

—No. Lorena se huyó de casa muchas veces. Y Constancia mandó a sus secuaces a buscarla y traerla de

vuelta cada vez. Mi madre, por otro lado, estaba convencida de que quería escapar del control de Constancia.

—¿Y cómo es que finalmente se liberó de ella?

—Se volvió a escapar, pero esta vez usó un hechizo para cambiar su apariencia física para que las secuaces de Constancia no la pudieran encontrar.

—¿Sirvió?

—Sí —dijo Zulema con una sonrisa—. Nadie podía ver a través de su disfraz mágico. Nadie, eso es hasta que un joven curandero llamado Fidencio Ortiz, que vivía en Catemaco, lo hizo.

—¿Tu papá sabía que era una bruja lechuza?

—Sí, pero también vio su verdadera naturaleza. Vio que Lorena era diferente de su madre. Vio que ella no quería ser como su mamá, que quería usar sus poderes para ayudar a la gente y no para hacerles daño.

—Y, ¿él guardó su secreto?

—Sí. También la tomó como su asistente y empezó a enseñarle cómo usar sus poderes para el bien.

—¿Un curandero y una bruja trabajando lado a lado para ayudar a la gente? Eso suena como una locura —le confieso a Zulema.

—Fidencio y Lorena terminaron enamorándose —agrega Zulema, sonrojándose—. Se casaron y poquito después llegué yo. Todo parecía perfecto hasta el día que llegó Constancia.

—¿Qué hizo Constancia?

—Cuando descubrió que Lorena se había casado con un curandero, le puso el hechizo de La mirada mortal.

—¿Tu abuela hechizó con *la mirada mortal* a su propia hija? —le pregunté. Zulema no estaba bromeando cuando dijo que su abuela era de lo más malévolo que hay.

—Mi padre luchó contra Constancia —continúa Zulema—. Pero ya había hecho el daño. Mi padre hizo todo lo que pudo, pero después de cinco días agonizantes murió mi madre.

—Lo siento, Zulema.

—Pero eso no es todo. Cuando Constancia descubrió que yo existía, vino por mí. Exigió que se me entregara a ella. Dijo que yo le pertenecía a ella y a su parvada por ser su nieta. Mi padre se rehusó, por supuesto, y usó todos sus poderes para luchar contra ella otra vez. Pero sabía que yo estaría en peligro en Catemaco. Por eso hemos estado en la fuga desde entonces. Siempre intentamos estar un paso delante de Constancia hasta el día en que yo sea lo suficientemente fuerte.

—¿Lo suficientemente fuerte para qué?

—Suficientemente fuera para vencerla, Vincent. Sólo entonces me dejará en paz.

—Tú serás lo suficientemente fuerte para vencerla un día —le digo—. Y ese día, ya no tendrás que esconderte de ella.

—Espero que estés en lo cierto, Vincent. En verdad. Pero hasta que no llegue ese día, tendré que ser más inteligente que ella y mantenerme un paso por delante.

Justo en ese momento Zulema abre la palma de la mano y me muestra un pequeño mechón de pelaje verde.

—¿Es del chupacabras?

—Así es, Vincent. Lo encontré en el suelo cuando salíamos del túnel de drenaje. Tómalo —dice—, te protegerá de Constancia.

¡*Zás!* Nos sorprende el ruido de algo que están destrozando al otro lado de la calle. Corremos a la ventana de mi casita árbol y vemos que la puerta de la entrada de la casa de Zulema ¡ha sido destrozada a patadas!

CAPÍTULO 10

Quiere que la encuentres en la acequia

—¡Papá! —Zulema llama una y otra vez mientras busca a su papá en la casa—. ¿Dónde estás?

La casa de Zulema es como una zona de batalla. Las cortinas han sido arrancadas de los cortineros, y hay partes de las sillas rotas por todo el piso de la sala. Trato de llamarles a Michelle y a Bobby para contarles lo que pasó, pero no me contestan.

—¡La atraparon! —escucho lo que dice Bobby. Está parado en la entrada respirando con dificultad. Está todo despeinado, como si hubiera estado peleando.

—¿Dónde está Michelle?

—La atraparon —repite.

—¿Quién la atrapó? —pregunto.

—Las señoras que vimos en las raspas —dice—. Nos atacaron cuando volvíamos de nuestra casa. Tratamos de escaparnos, pero nos hicieron algo. No nos podíamos mover. Se llevaron a Michelle y me dijeron

que le dijera a Zulema porque Constancia quiere que la encuentre en la acequia. Zulema, dijeron que si te vuelves con ellas a Catemaco esta noche, soltarán a Michelle y a tu padre.

—Lo haré —dice Zulema sin pensarlo.

—Pero es una trampa —le digo.

—No importa. De todos modos tengo que ir, Vincent. No puedo permitir que Constancia les haga daño.

—No irás sola —le digo. Corro por mi mochila—. Vamos a hacer esto juntos.

—No, Vincent —dice—. Soy la razón por la que Michelle está en problemas. Soy la razón por la que mi padre fue secuestrado. Tal vez mi abuela está en lo cierto. Tal vez el ser parte de su parvada es inevitable.

—Pero tú no eres como ella —insisto.

—¿Estás seguro, Vincent? Al fin y al cabo *soy* mitad bruja lechuza. —Zulema se acerca a Bobby y pone sus manos en los hombros de Bobby—. Te prometo, Bobby, que tu hermana va a estar bien.

—Zulema, no lo hagas —le digo, implorando.

Me pone su dedo índice sobre los labios y dice —Todo va a estar bien, Vincent. —Luego me da un beso en la mejilla derecha y, en un parpadear de ojos, desaparece.

—Necesito ayudarla —le digo a Bobby.

—Querrás decir *tenemos* que ayudarla —me corrige.

—¿No tienes miedo?

—Estoy aterrorizado . . . pero Michelle es mi hermana.

Le doy un golpecito a Bobby en el brazo para darle ánimo y distraerlo de los pensamientos que seguro están pasando por su mente.

—Tengo una idea que podría ayudarnos a exterminarlas —digo.

—¿Qué es? ¿Cuál es el plan?

—Si va a funcionar, tenemos que ir por los cuetes que sobraron el verano pasado y que están en mi cuarto.

—Muy bien. ¿Algo más? —pregunta Bobby.

—Sí, vamos a necesitar el mechón del pelaje del chupacabras que Zulema me dio. Y también agua bendita y mucha, pero mucha, sal.

CAPÍTULO 11

Zulema desafiante

—Aquí estoy, Constancia —anuncia Zulema mientras se acerca al túnel de drenaje.

Da un pequeño paso.

—Veo a Michelle —susurra Bobby, asomando la cabeza por detrás de unas matas.

Lo agarro de la camiseta y lo jalo para abajo.

—No dejes que te vean —le digo.

Parece que Michelle está en un trance. A su lado está el papá de Zulema, quien ha sido atado y amordazado. Rápidamente empezamos a bajar por la acequia, conscientes de ir contra el viento para que la abuela de Zulema no descubra nuestro rastro. Podemos oír a Zulema hablando con su abuela.

—Dijiste que los dejarías ir si venía —Zulema le pica a Constancia—. Estoy aquí. Ahora haz lo que prometiste. —Al lado de Zulema están las dos mujeres que nos siguieron al carrito de las raspas. Son miembros de la parvada de Constancia, no hay duda de ello.

—Eres más fuerte de lo que era tu madre a tu edad —dice Constancia—. Serás una valiosa adición a mi parvada.

—Deja a mi padre y a mi a miga —repite Zulema, desafiante.

—Primero debes jurarme lealtad —dice Constancia.

El padre Zulema mueve la cabeza con desesperación, gesticulando señas para que su hija no jure.

—Jura lealtad a mí y a mi parvada —insiste Constancia.

Zulema se hinca sobre una rodilla.

—Dilo —insiste Constancia—. Dilo y serás mía para siempre.

—Yo . . . yo . . . Zulema Ortiz —titubea.

—¡Dilo, Zulema! —demanda la abuela con impaciencia—. Eres tan terca como tu madre.

—Yo, Zulema Ortiz —dice otra vez—. Yo, Zulema Ortiz, juro lealtad a… juro lealtad a . . .

—¡Dilo! —insiste la abuela de Zulema—. Hazlo o tu amiga aquí pagará el precio de tu desafío. —Constancia agarra a Michelle por el pelo.

—Tenemos que detenerla antes de que haga el juramento —le digo a Bobby.

Meto la mano en mi mochila y saco un paquete de cuetes. Con el encendedor del asador lo prendo y se lo lanzo a Constancia.

¡Pum! ¡Pum! ¡Pum! Los cuetes son la perfecta distracción para que bajemos corriendo y ataquemos a Constancia y a sus secuaces.

Meto la mano en mi mochila y saco dos grandes pistolas de agua. Le tiro una a Bobby.

—¿Pistolas de agua? —pregunta Zulema—. ¡¿Trajiste pistolas de agua?!

—No son simples pistolas de agua —le grito con regodeo—. ¡Son súper cañones de agua!

Bombeamos las pistolas de agua tres veces y las apuntamos hacia las secuaces de Constancia. Mientras se empiezan a transformar en lechuzas les disparamos con toda la potencia del agua. Las mujeres gritan con dolor, se caen al suelo bufando y chillando como si se estuvieran quemando. Quedan inconscientes en el suelo.

—¿Cómo hiciste eso? —pregunta Zulema.

—No es agua común y corriente —digo, riendo—. Es agua bendita, con un toque de ¡pelo de chupacabras!

Derramamos una caja entera de sal en un balde lleno de agua bendita de la iglesia al final de la calle y con ella llenamos nuestras pistolas. También pusimos el mechón de pelo de chupacabras, por si acaso.

¡Constancia está furiosa! —Zulema le pertenece a su familia —dice mientras se transforma en lechuza.

Bobby y yo intentamos tirarle un buen chorro de agua con nuestras pistolas, pero para nuestra sorpresa ya no nos queda mucha.

—Estoy con mi padre y mis amigos —declara Zulema desafiante—. ¡Ellos son toda la familia que necesito!

Zulema se transforma por primera vez en lechuza justo enfrente de nosotros y ataca a su abuela. Zulema le está ganando a Constancia. Por un momento empiezo

a pensar que sí le va a ganar pero su abuela es poderosa. Con dos fuertes golpes de ala lanza a Zulema al suelo a mis pies. Zulema vuelve a la forma humana. También Constancia se vuelve humana.

—Eres mía —dice su abuela triunfante.

De repente escuchamos que el señor Ortiz declara —Zulema debe estar con su familia. —Durante la pelea, Michelle se recuperó del trance en que la había puesto Constancia y ¡liberó al señor Ortiz!

—Llegaste tarde —declara Constancia—. ¡Es mía!

El papá de Zulema sostiene la cuerda que usaron para atarlo. Cuando Constancia mira la cuerda, empieza a sisear. Él comienza a rezar y a atar un nudo en la cuerda.

—¡Arrr! —grita Constancia cuando la pierna derecha le falla y cae sobre la rodilla. El señor Ortiz continúa diciendo la oración y hace otro nudo. Esta vez Constancia cae sobre la otra rodilla. ¡Trata de levantarse pero no puede!

—¿Qué está haciendo tu papá? —le pregunto a Zulema.

—Está rezando la oración de La Magnífica —dice—. Es una de las más poderosas que se puede usar en contra de las brujas. Cada vez que la dice hace un nudo en la cuerda y con eso ataca a mi abuela.

Para cuando el padre de Zulema ata el séptimo y último nudo en la cuerda, Constancia queda echa bolita, con los brazos y piernas entrelazados. Como tiene las manos sobre la boca, Constancia no puede echarle sus hechizos al señor Ortiz.

—Zulema está donde debe estar —le dice él—. Está con su padre. Está donde su madre quería que estuviera. Un día Zulema será lo suficientemente fuerte como para ganarte ella misma. Cuando llegue ese día, será mejor que la dejes en paz, si sabes lo que te conviene.

Vimos cómo dos de sus secuaces la elevaron en el aire como si fuera una pelota de playa y se la llevaron hacia las tinieblas.

CAPÍTULO 12

¿Te vas a tener que ir?

Todos estamos sentados en la casita de árbol a la mañana siguiente.

—¿Te vas a tener que ir ahora? —le pregunto a Zulema.

—Me temo que sí, Vincent. Mi papá cree que es lo mejor.

—Pero le ganamos —dice Bobby—. Le ganamos a tu abuela. ¿Por qué tienes que irte?

—Ella no se va a dar por vencida —dice Zulema—. Y yo aún no soy lo suficientemente fuerte como para vencerla. Por lo menos áun no. Pero lo seré. Cuando llegue ese día, mi papá y yo no tendremos que andar corriendo de un lugar a otro.

—Vale más que te apures y te hagas fuerte, amiga —dice Michelle, quien ya está completamente recuperada del trance. Le da un fuerte abrazo a Zulema—. Queremos que vuelvas pronto.

—Debemos regresar a casa ante de que te vuelvan a secuestrar las brujas lechuzas —le advierte Bobby a su hermana.

—Nos vemos mañana, Vincent —grita Michelle cuando ella y Bobby bajan por la escalera.

Miro a Zulema, le quiero decir que tenía razón, que me gusta una niña. No tengo el valor de decirle que es ella quien me gusta. Pero entonces, la sonrisa que ella me da me dice que ya lo sabe.

—A mí también me gustas, Vincent —dice, y me da un beso en la mejilla—. Puedo leer el pensamiento, ¿te acuerdas? —dice mientras se para en el alféizar de la casita de árbol.

—Cuídate, Vincent Ventura. Y sigue exterminando monstruos.

Y sin más, Zulema desaparece.

Cuando voy bajando de la casita veo que la van de su papá ya no está en la cochera.

Zulema me enseñó una lección valiosa, que no todos los monstruos son malos. Ellos tienen el poder de elección, de salirse del molde y ser buenos si es lo que quieren. ¿Volveré a ver a Zulema? Espero que sí. No puedo deshacerme de esa sensación en mis huesos de que sí nos veremos en el futuro. Y mis huesos, para que lo sepas, nunca se equivocan.

CAPÍTULO 13
Se renta casa

Desde la ventana de la casita de árbol veo que una van de limpieza se estaciona en la casa que está directamente enfrente de la mía. Veo que se bajan cinco hombres vestidos con overoles negros y que cargan artículos de limpieza. Cuatro de ellos entran en la casa pero el quinto se va al jardín de enfrente y empieza a martillar un anuncio en el suelo.

El anuncio dice: Se renta.

Muy pronto vendrá a vivir alguien más a la casa en la calle Duende 666. *¿Será una familia normal esta vez o será un monstruo? Y si es un monstruo, ¿será malo? ¿O será como Zulema —un monstruo que decidió no ser malo?* Sea lo que sea, estaré listo.